從此
好好過生活

張琉珍
短篇小說集

일의
기쁨과
슬픔

王品涵——譯

作者問候台灣讀者

대만의 독자분들께.

기쁨이 더 많기를 바랍니다.

謝謝♡

장유진 올림

〔中譯〕謹獻給台灣的讀者們：希望各位能擁有更多快樂，謝謝。　張琉珍 敬上

目錄

잘 살겠습니다

從此好好過生活

發喜帖給公司同事之前，我曾有過這樣的顧慮：擔心別人收到喜帖時，會露出「為什麼要給我？」的神情。因此，我決定盡量發得保守一些。我擬好宴客名單，只將喜帖發給真正親近的人，若是會猶豫「該不該給？」的人，就傾向不發。

所以我完全沒有想過會發生被問「為什麼沒給我？」的尷尬狀況，更何況說出這話的人還是閃亮姊。竟然是她？過去幾年從未在我腦海浮現的名字，那個出乎大家預料，在公司待了很久的閃亮姊。

大約是上週三的下班時間，閃亮姊傳來訊息，以「聽說你要和巨才結婚了？」起頭，搭配著驚呼「同梯的第一對夫妻誕生！」，之後又傳了一連串「為什麼沒跟我講？」「真傷心！」「快給我喜帖啦！」看似抱怨的話。一邊心想「我和她有這麼熟嗎？」一邊往上滑了之前的對話，發現最後一次對話竟是三年前。三年來都沒有互動，為什麼突然這樣？我和巨才擬訂宴客名單的基準，是「如果這個人要結婚，我樂意參加他的婚禮嗎？」，閃亮姊完全不符合，因此我連「要不要給她喜帖？」都不曾煩惱過。現在她開口了，不能不給，但是實在不想特地挪出時間當面發喜帖給她，我回覆道：

「閃亮姊，週五我和幾個同梯約好一起喝酒，到時候會發喜帖。你也記得來喔，順便見一見好久不見的大家。」

內心話則是，我和你沒有熟到需要私下單獨見面，最好是跟同梯的同事一起，一次解決。其實我並不想邀她參與同梯聚餐，但既然想到了，就邀她一起來。然而，絲毫不懂得察言觀色的閃亮姊卻說：

「週五？我週五已經有約了……」

就在我輸入「那恐怕沒辦法了」、「真可惜」，按下發送鍵的瞬間，又即刻收到她的訊息：

「我們應該私下見面！下週二或三的中午如何？」

我不明白，閃亮姊為什麼這麼想要收到不熟的我的喜帖呢？她和巨才更是完全不熟啊！她不覺得週末還要參加婚禮很麻煩嗎？就姑且告訴她我週二和三的時間都不行吧。然而，她又要我從週四或五挑一天。因為週五是婚禮的前兩天，我就隨口挑了週四。就這樣，閃亮姊成為我在婚禮前的四天內要親自發送喜帖的人之一。宴客名單多加一人，我預計必須為此多花費一張喜帖、一小時的午餐時間，以及餐費一萬五千元[1]左右。

我和巨才連續四個月準備婚禮的最後階段，每天都很忙碌。婚禮當天要選自助餐或套餐、花藝要選A或B、婚紗照的毛片和修片各要保留幾張等，準備結婚的過程就是一段不停選擇的日子，還包括租房子[2]與計畫蜜月旅行。度過如此手忙腳亂的四個月後，接下來是更讓人手忙腳亂的「發喜帖」這一步，每天利用午餐、晚餐時間與不同的人見面、問候，並且請客。時不時還要確認其他瑣碎事項，例如婚禮上的伴奏音樂、領取答禮糕[3]的時間等。看來閃亮姊不知道婚禮前一週準新人有多忙碌。這種時候，需要的是用言語獻上祝福，並且識相地說句「蜜月旅行回來後再見面吧！」的禮貌。閃亮姊不懂的實在太

---

1 新台幣與韓幣匯率約為1:36。

2 韓國的租房制度，房客入住前要先繳納一筆租金（約房產價值的60～70%）給房東，後毋須再按月繳租，並可於約滿後取回餘數。

3 韓國婚禮後新人送給賓客的回禮糕點，類似台灣的喜餅。

多了。

我和閃亮姊約在公司附近新開的日式丼飯食堂。睽違近三年的時間，雖然身處同間公司，但因組織規模龐大、工作單位分屬不同樓層，業務不相關的我跟閃亮姊根本不會見面。閃亮姊專注地瀏覽完菜單後點了炸蝦丼，我則點了鮭魚丼。餐點一上桌，她睜大原本已經夠大的雙眼說：

「哇，這家店的蝦子給得很多耶！」

我看了一下她面前的碗，炸蝦鋪得滿滿的幾乎讓人看不見底下的白飯。一、二、三……光是看得見的就有五隻。閃亮姊展露燦爛的笑容，將手指折出「喀、喀」的聲響。

「我第一次看到店家給這麼多蝦子。這家店也太好了吧？」

聽到她這句話，我內心有些訝異。

「那是因為你點的是特級炸蝦丼啊……」

「嗯？」

點餐時，我看她伸手指了限量菜單上的特級炸蝦丼，原本也想跟著點特級鮭魚丼。但是一想到上週末確認訂做的婚紗時，已經被叮囑接下來體型不能有變，所以最後只點了一般的鮭魚丼。

「你不是點了特級嗎？而且這家店的分量本來就很多。」

「啊，對耶。」

閃亮姊用雙手抓起未經染燙的一頭長髮，邊撥向一側邊說：

「這麼多不知道吃不吃得完。」

說完看了我一眼，露出一個純真的笑容。我內心莫名有些鬱悶，每次只要和她面對面而坐，都會不時湧現這種情緒。本來已經淡忘，多年後又重新燃起這股煩悶惱火的感覺。

閃亮姊……該怎麼形容她呢？完全不像個姊姊。身材纖瘦高眺，眼睛很大，嘴巴也很大，卻說著一口與華麗外型完全不同的娃娃音。總之，就是與職場氣氛格格不入的聲音。此外，還有那頭長到不行的頭髮，不能稍微整理一下嗎？那可不是普通的長髮，而是幾乎蓋過屁股的詭異長髮。只要靜靜凝視，腦中就不免浮現「頭髮有必要留那麼長嗎？」的疑問。公司的人都稱閃亮姊為「總務課長髮公主」，甚至還有傳聞說她每天早上都要花一小時用離子夾理順頭髮才出門。看著閃亮姊叼著炸蝦的嘴唇與髮絲，散發油亮的光澤……我只想趕快結束這頓飯。

幸好，閃亮姊吃飯的速度很快。原本還擔心分量太多吃不完，不知不覺間已經把飯碗清得一顆米粒都不剩。當我遞上準備好的喜帖時，她邊大喊著「恭喜！」邊認真看著喜帖好一陣子，接著瞟了我一眼，開口問：

「你們是從什麼時候開始祕密交往的？」

「大概三年前吧。」

「我的天哪！我怎麼都沒看出來？」

不可能看得出來。公司裡完全沒有人知道我和巨才的辦公室戀情。我們保密得非常徹底，而且比起巨才，我更積極地希望發展成祕密戀愛。儘管在同一樓層工作，我不曾和巨才說話，連一個眼神也不曾對視。結婚一事，也是直到一個月前才公開，著實嚇了大家一跳。

閃亮姊再次仔細看了我的喜帖後，遲疑片刻才開口說：

「其實，我也要結婚了。」

果不其然。原來是因為這樣嗎？我這才明白她那麼積極想和我見面的原因。

「籌備婚禮，該從哪裡做起呢？實在太難了，我連要選哪間餐廳都不知道……我也想像你一樣走小型婚禮風。」

她又一把抓起披在一側的頭髮，放回另一側，繼續說：

「攝影棚、婚紗、妝髮之類的我完全不懂，要向你請教一下才行。」

我心想：「所以是為了這件事，才把我這個大忙人叫出來嗎？」頓時感覺有些無力。不過，籌備婚禮前注定會浮現的迷惘，的確要親身經歷才會明白，所以我決定盡力表現得親切。我將過去四個月準備婚禮的過程，去蕪存菁地告訴她。每次聽到我傳授一個祕訣，她總會眨一眨眼睛，點點頭。當我表示之後會將整理好的流程與各種資料的Excel檔案寄給她的時候，她甚至猛然握住我放在桌上的手。

*

以前我曾和閃亮姊單獨吃過一次飯，那是五年前，新進社員訓練結束後，剛收到部門分配表的時候。有別於在超低就業率中錄取的興奮感，收到通知時，我的心情有些惡劣。原因在於，我沒有進入自己理想的單位。這一梯新人共有十五人，能進入國外業務、行銷、策略規劃、商品企劃的名額有限。不知為何，同梯的男生統統被分配到主要單位，而我和閃亮姊在內的女生們則大多被分配到以後勤為主的單位。其中當然也有人進入核心部門，像是北京大學和首爾大學畢業的兩位姊姊，就被分配到她們想去的國外業務組和商品企劃組。我被分配到管理支援組，雖然是在核心的ERP[4]部門，但後勤單位始終是後勤單位。更令人沮喪的是，跟我一起被分配到管理支援組的是閃亮姊。

新進社員訓練期間，我一直認為自己的能力比閃亮姊優秀許多。

即使我們同樣是女子大學出身，但是閃亮姊考了三次才考上大學，而且畢業後還花了長達一年的時間準備就業，足足大了我三歲。相較於大一開始就以進入大企業為目標，積極參與各種課外活動，認真累積資歷的我所擁有的華麗履歷，閃亮姊連一般的短期實習經驗都沒有。

我到管理支援組上班剛滿兩週的那一天，收到了人事組的通知郵件，郵件主旨是「徵求調任行銷組的人員」。那時公司為了加強各單位競爭力而鼓勵員工輪調不同單位，新進社員訓練時也聽聞公司內部發生過互搶人才的事情。郵件裡寫著「有鑑於近來獨自居住的員工逐漸增加……擴大即食食品的市場……經判斷需要更積極的行銷團隊……」等內容，總之是告知大家行銷組有兩個職缺，行文以「期盼各位同事踴躍自薦」結尾。即便「各位同事」這個說法似乎不太適用剛進公司不久的新職員，但抱著姑且一試的心態，也不知道自己還要在這個單位撐多久才有機會轉調，我按下了「回覆」的按鈕。我先寫

4 Enterprise resource planning，企業資源規劃。

下「冒昧請教一些問題」，然後一邊慎重斟酌後續的內容該怎麼寫，一邊思考使用怎樣的文字才不至於冒昧。霎時間，辦公室裡一陣騷動。從某個瞬間開始，雖然不是突然喧騰起來，但有股明顯的不安感如波濤般湧現，就像圖書館突然停電的那種氛圍。容納了超過百名員工的樓層，頓時漫溢著呢喃細語，時不時還能聽見「糟糕了……」的低聲嘆息。感覺不太對勁，我轉頭看了看身後，發現自己所在區域全是同一情狀。大家紛紛聚集到某位主任的電腦螢幕前，七嘴八舌地議論著，我也跟著走近，小心翼翼地問：

「發生了什麼事嗎？」

話才剛說完，主任便抬頭注視著我說：

「你沒收到信嗎？」

「嗯？什麼信？」

「這個啊……」

主任將電腦螢幕轉向我的方向，示意我看一看。那是一封寄件人署名「洪閃亮」的信，主旨則是「RE：徵求調任行銷組的人員」。

令人驚訝的是，寫著「好喔，我知道了！是說，新人也可以嗎？」的回信內容，也一併寄到了所有同事的信箱。公告信件的寄件人帳號是「everyone」，看來沒有人告訴她，這是一個會同時寄給包含總經理在內所有員工的公告專用帳號。

我默默回到座位坐下，螢幕上依然停留在收件人為「everyone」的草稿視窗，游標在「冒昧請教一些問題」這幾個字後一閃、一閃地閃動。每當游標在白色背景上閃爍一下，我的背脊也跟著發涼。一想到原本驚動全公司、被所有人指指點點的主角可能不是閃亮姊而是我，就不禁頭暈。我拉長脖子望向距離自己約兩張辦公桌之外的閃亮姊座位，她不在位子上。雖然不清楚她知不知道自己的回信寄給了全公司，但就算不知道，想必很快也會知道。

隔天早上，我要去銀行辦事，剛好在公司一樓大廳遇見正準備上班的閃亮姊。正式上班時間是九點，這個時候仍在大廳，表示她遲到了，因為管理支援組在九樓。放任未經染燙的長髮兀自甩動，閃亮姊匆忙狂奔著。她究竟知不知道自己被稱為「總務課長髮公主」、「全體回信女」呢？但是對於她替我擋掉一劫的事，我始終有些歉疚。瞬間，我們四目相對，她一邊大力揮動著高舉過頭的手，一邊朝我跑來。叩叩、叩叩，高跟鞋鞋跟的聲音響徹大廳。

「那個……我還有點問題想問你耶，今天要不要一起吃午餐？」

我爽快地答應了。對於全體回信事件，我非常樂意安慰她。然而到了午餐時間，她提出的卻是其他煩惱：

「我家住得很遠，每天都要花很多時間通勤。」

閃亮姊說自己目前與父母同住在老家，京畿道的南陽州市。從家裡通勤到公司所在的汝矣島，單程就要花上快兩個小時。

「實在太累了，我想搬到公司附近自己住。」

接下來她說的事情，讓我非常難以置信。天天逛租屋論壇的閃亮姊，發現了一間月租較行情便宜不少，又整潔乾淨的套房。她當天就去看房，覺得很滿意，立刻決定簽約。搬家當天，全部行李只有一個行李箱，她打算其他東西之後隨時再從家裡帶去就好。然而，就在閃亮姊將行李箱擺在玄關一角，決定自己裝修室內空間而外出買自黏式壁紙時，發生了一件相當荒謬的事。

「我的行李被放到走廊，有其他人搬進了那間套房。」

顯然是一屋多租的詐騙手法。閃亮姊好不容易才說服父母借來的租屋押金，一下子全沒了。

「你辦理遷入登記了嗎？戶政事務所沒有給你確切的遷入日期嗎？」

「遷入日期？那是什麼？」

閃亮姊一雙水汪汪的大眼忽然開始凝聚淚水，聽見「遷入日期」的刹那，她的表情顯然是連那是什麼都不知道的自己犯了一個大錯。雖然很遺憾，但似乎沒有合適的補救方法。對於竟然有人已經二十七歲，卻連這麼基本的租屋常識都沒有，我感到有些驚訝。看著她不停用袖口輕拭眼淚，不知該如何安慰，便給了她我正在讀法學院的朋友的電話，建議她向對方徵詢意見。但麻煩還不只這樣。由於「害怕被父母罵」，閃亮姊至今仍未向任何人啟齒，並且已經帶著行李在旅館住了一星期。我頓時不知該說什麼，彷彿噎住似的，胸口泛起一陣悶痛欲裂的感覺。

我不太記得我們當時究竟吃了什麼，只記得是各付各的。因為要年紀最輕的我被比自己年紀稍長的同梯請吃飯，心裡實在過意不去。上司就算了，但年薪差不多的同梯之間還要請客，總覺得不太合理。而且，如果是同時進公司的話，年紀輕的人相對而言不是反而收入比較高嗎？因為晚一步踏入職場，錯失了同等的機會成本。再加上對方是閃亮姊，我更莫名地覺得不該讓她請客。結帳時，我掏出事先準備好的一萬元，自然地把自己的餐費付了。

走回辦公室的途中，順路去了咖啡館。咖啡和正餐的價格相比起來比較沒負擔，於是我思考著如果閃亮姊說要請客的話，會出現哪些情況。第一種最簡單乾脆，她先拿出錢包，說一句「這個我來付」。第二種，我先拿出錢包掏出信用卡，她接著說「不不不，這個我來付」。第三種，我為兩人結帳後，她再以現金或轉帳的方式將自己的費用還給我。雖然這種情況發生的機率最低，但基於有心算清楚自己的費用這點，我認為還可以接受。

「我要喝香草拿鐵。你呢？」

「我要拿鐵。」

「好。這裡的拿鐵真的很好喝。」

閃亮姊看起來完全沒有要掏錢的意思。於是，慌忙的我趕緊將信用卡遞給櫃檯人員。若是按照預期發展，她此時應該撥開我的信用卡，拿出自己的信用卡。不然的話，至少也要負擔自己的費用吧？但她沒有。而我期望能聽見「謝謝你請我喝咖啡」、「下次換我請你」之類的話，她也只是沒神經地說了句「這裡的冰滴咖啡也好喝」，於是我先一步開口說：

「下次再換你請我喝咖啡吧。」

她這才露出燦爛的笑容，並說：「啊……是喔，謝謝。」到這一步，我實在很好奇她的腦袋到底在想什麼。真的是為了貪圖一杯幾千元的咖啡嗎？還是只是腦袋空空？如果是前者，確實有點太小氣；如果是後者，神經大條到這種程度也有些令人惱火。而且那次之後，她沒有請我喝過一次咖啡。進公司兩年後，我成功轉調到理想的單位，是我從一開始就一直想去的策略規劃組。在此之前，有在注意的人都知道我有多拚命工作，一路說著「你做得很好的消息都傳到這裡來了」這類的話，伴我走過那段歷程。離開九樓的我，升上了被稱為「重要樓層」的十四樓，因此很自然地遺忘了閃亮姊。直到此時，我完全沒有想過會邀請她來參加我的婚禮。

然而，我也完全沒有想過，最後她根本沒有來。

*

結果閃亮姊沒有出席我的婚禮。巨才聽完閃亮姊時隔三年才和我聯絡，而且還一直向我要喜帖的事情後，回了句「不管從前或現在，她始終是個奇葩姊」。他是在我們準備度蜜月前往機場的途中提起這個話題：

「話說回來，閃亮姊有來嗎？為什麼我好像沒看到她？」

「我也忙得昏頭轉向，沒什麼印象。」

我逐一回想在婚禮上見到的每張臉孔，再怎麼回想，就是沒有和閃亮姊講過話的記憶。我打開親戚寄給我整理好的禮金名單，一一確認三百多位賓客，沒有看見閃亮姊的名字。

除了閃亮姊之外，多的是收了喜帖但沒有出席的人。這是再自然不過的事，畢竟週末本來就可能有其他事情，或者單純因為太累而無法出席。只不過，通常遇到這種狀況，都會透過其他親友轉交禮金。如果只收了喜帖就算了，新人已經額外挪出時間請你吃飯，包個禮金是應有的常識與禮貌。而且閃亮姊的情況是，她先開口要喜帖，我才特地抽空請她吃飯並發帖，最後她卻沒有出席也沒送禮金。越想越火大，但是為了不破壞蜜月旅行，我努力不去想關於閃亮姊的一切。

婚假結束，回到工作崗位的第一天，我收到閃亮姊的訊息。她表示自己完全忘記我的婚禮日期，直到隔天才意識到這件事。因為怕打擾我的蜜月旅行，刻意先不跟我聯絡。

這位姊姊，我不是早就說過，婚禮就在和你吃午餐那天的兩天後嗎？我從來沒有想過，自己會在婚禮迫在眉睫的時候還非得專程發喜帖給你……

這究竟是哪門子的拙劣詭辯？我真的不明白，閃亮姊要求幾天後就要結婚的我空出時間請她吃飯、給她喜帖的原因是什麼。喜帖上清楚寫明日期與地點，想辦法記住顯然是一種本分。我不想再計較了，只簡短回覆：

「沒關係，你不用放在心上。」

不想再和閃亮姊有任何瓜葛。但她又傳來訊息：

「以我們的交情要談錢未免太……我想送你一份禮物，告訴我你想要什麼，我買給你。你找找看有沒有需要的東西再告訴我。」

我告訴她，我會好好想一想。

那天晚上，當我正在處理蜜月期間累積的工作時，突然想起閃亮姊提到的禮物。

如果問我，我其實不想要任何禮物，只要我也不出席她的婚禮就好了。可是我覺得她應該會邀請我參加她的婚禮，或許她也是因此才要送我結婚禮物。「想要的東西」這個詞彙太過籠統，該選價位多少的東西才好呢？我和她的交情大約是五萬元禮金的關係，很剛好的基本金額。我打開網路商城，瀏覽了一下「五萬元」那區塊有什麼值得買的，但沒有什麼特別吸引我。確實有幾樣東西稍微吸引我的目光，但要她買一盞七千元的夜燈好像不太對，一台四萬元的麵包機又莫名有些沉重。往下滾動滑鼠滾輪一陣子後，腦海忽然浮現「為什麼是我在找禮物？」的疑惑，著實讓我內心燃起一把怒火。既然不想給錢，就不要給；假如想送禮，就自己識相地挑份預算五萬元的適當禮物。該挑選怎樣的東西也是一件工作，為什麼要我來煩惱？我一氣之下關掉所有網路商城的視窗。

隔天，閃亮姊傳訊息問：「想好禮物了嗎？」就算有想要的東西，難道真的會有人厚顏無恥地開口要對方買給自己嗎？我只想趕快結束這個莫名其妙的狀況。

「閃亮姊，不用了。你請我吃飯就好。」

於是，我再一次意外地和閃亮姊一起吃飯。那是一家整個桌面擺滿餐點的韓式定食餐廳。服務生推來一輛推車，將密密麻麻放著數十個小菜碟的木製餐盤整個置於我們的餐桌上。同時錄下這一幕的閃亮姊相當開心，當然，她也拍了照片。為了把為數眾多的小菜碟統統拍進一個畫面，她甚至站到椅子上踮著腳尖拍。連續「喀擦、喀擦」的拍照聲迴盪整家餐廳。拍了三、四張後，我才終於看到她的臉，而不是看著她的膝蓋。我問她：「婚禮籌備得如何了？」雖然並不好奇，禮貌上還是要問。她說多虧有我寄給她的Excel檔，幫了很多忙，非常感謝我。這讓我想起五年前的一屋多租詐騙事件。

「找到新房了嗎？那是最令人頭痛的。」

「嗯，幸好婆家那邊準備了房子給我們。我們已經住進去了，就在前一站的三江站附近。」

「真的啊？那太好了！」

閃亮姊說自己的未婚夫是基金經理人。沒什麼財務概念的她能遇上家境寬裕的婆家與擅長理財的男人，確實幸運。原來是基金經理人啊……那個一天到晚出現在閃亮姊的通訊軟體個人頭像上的男人。閃亮姊時常將自己與男友的合照設為個人頭像。兩人關係觸礁時，便將照片換成氣氛淒涼的插畫，當然，顯示的簽名檔也會一併更換。頻率是以幾個月為單位一直反覆替換，大概已經到了整間公司的人都知道總務課長髮公主的情路走得順不順遂的程度。

每次看到閃亮姊的個人頭像時，我總是不禁想：「為什麼要那樣做呢？」到底為什麼？換作是我，想必不會那樣。每天都要利用通訊軟體和同事討論工作好幾次，如果在那種地方放上自己與男友臉貼臉的照片，每次跳出通知的訊息時，不是會顯得很不專業嗎？以我來說，同樣既戀愛也結婚，但是身為注重隱私的人，當然盡可能不會提及這些事。此外，我也不會每天都遲到五分鐘，雖然五分鐘也無法多做或少做什麼。但換作是我，我會選擇提早五分鐘起床；換作是我，我會把頭髮稍微剪短一些。

「閃亮姊，有件事我一直很好奇。」

思考片刻後，我不自覺地開口說。

「什麼事？」

「你的頭髮啊……每天都用離子夾夾過才出門嗎？」

「不是耶，我天生就是直髮，跟我媽媽一樣。」

「可是每天早上都要完全吹乾才出門很麻煩吧？」

「不會啊，我髮量很少，很快就能乾，一點也不麻煩。」

閃亮姊說她很喜歡每天早上奔跑著趕上班時，微濕的髮絲隨風飛舞的那種飄逸感。我心想：「一開始不要遲到，就不用跑了不是嗎？」但沒說出口。這次是她請客，我們吃的韓式定食一人兩萬五千元。

發現墊在鍵盤下的白色信封，大約是我和閃亮姊吃完韓式定食的兩個月後。不知道它在那裡待了多久，如果不是為了擦桌子而拿起鍵盤的話，我大概永遠不會發現它。一打開手掌大小的信封，便是寫著「我們要結婚了」的卡片，那是閃亮姊的喜帖。她是什麼意思？連一頓飯也不請，隨便丟著喜帖就走嗎？喜帖是披薩店的傳單嗎？我本來已經打算參加她的婚禮，並且包個五萬元的禮金……因為不想成為像她那樣的人。假如她正式和我約個時間給我喜帖的話，我一定會那樣做。然而，事到如今我越來越不懂了。換作是我、換作是我……我真的不會像她那樣。我打開剛才拿在手上的保溫杯蓋子，大力地放在喜帖上。沾附在蓋子上的少量咖啡，在白淨的喜帖上暈出一個圓形。我邊喝著剩餘的冰咖啡邊嚼著冰塊，在腦海中敲打計算機：

二五〇〇〇元（取代禮金的韓式定食餐費）－一三〇〇〇元（我發喜帖那天請客的餐費）＝一二〇〇〇元

我和巨才週末一起去逛百貨公司生活用品區的時候，向已經成為我先生的巨才提出我的計畫：買一份剛剛好一萬兩千元的禮物，代替禮金送給閃亮姊——這一毛不差就是我還欠閃亮姊的金額。聽完這番話後，巨才邊嘆氣邊說：

「非得這樣做嗎？」

「對，非要這樣做不可。」

「讓我來付吧。」

我不發一語地注視著巨才。談戀愛的時候，我們不知道彼此的年薪。如同一般的公司，我們公司也有「洩漏年薪就解雇」的規定。直到籌備婚禮時，我們才不得不向彼此公開自己的存款與年薪。在「數完一、二、三，就要一起說喔！」之前，我們仍像在拍攝綜藝節目《家族娛樂館》一樣打鬧嘻笑，直到數到「三」的那瞬間，我才意識到自己與巨才喊出的第一個數字並不相同的事實。一千萬元。正確來說，我們的年薪相差了一千零三十萬元。未稅前比我多領一千零三十萬元的巨才，理所當然地存了比我多很多的錢。巨才自然地流露出慌張的神情。不知道是否因為差距比想像中來得大而感到不好意思，他開口說：

「可能是你在後勤單位待了兩年的關係啦。」

好，姑且當作是這樣吧，那麼我為什麼要在那裡待兩年？我豐富的學經歷，明明已經表達出我想進入策略規劃組的心啊！是我的工作能力不好嗎？可是，還沒把工作託付給我，怎麼判斷得出來？最重要的是，我和巨才現在已經在同個單位並且負責同樣的工作，為什麼年薪的差距依然這麼大？因為巨才的工作能力比較優秀嗎？到底有多優秀？優秀到相差一千零三十萬元的程度？

「你剛才說什麼？」

「何必為了禮金做到這樣呢？我說，才五萬元，就讓我付吧。」

「我看起來是為了錢才這樣做的嗎？為了節省五萬元，所以我才這樣嗎？」

不知為何，我的呼吸急促起來。

「我是為了讓閃亮姊學個教訓才這樣做的。要讓她知道這個世界的運轉原理究竟是什麼。付出五萬元，就該回收五萬元；付出一萬兩千元，就該收到一萬兩千元的祝福。她可能不懂吧？但這世界就是這樣的地方。炸蝦丼上擺滿蝦子不是因為老闆人很好，而是因為你點的是特級炸蝦丼，特級炸蝦丼比一般炸蝦丼貴了四千元。月租便宜的房子，絕對有它的原因；得到七億元的公寓，就必須花一輩子的時間奉獻和七億元等值的醃泡菜、洗碗、韓式煎餅，以及除此之外的種種。如果只想靠一頭像迪士尼公主的飄逸長髮獲得不求回報的善意，那麼其他人就會像債主一樣虎視眈眈，等著有一天對你找碴、挑剔，討回自己曾經付出的一切。這些事，就是我想告訴閃亮姊的。」

巨才露出「我好像做錯事了」、「惹老婆生氣了」，除此之外完全聽不懂的神情望著我，那是我在準備婚禮期間早已看膩的表情。我從架上拿起香草味道的護手霜後，神經質地問店員：

「這個多少錢？」

「現在有優惠，一萬一千元。」

比一萬兩千元少了一千元。我抽起一張插在收銀台旁的小卡片。

「這個呢？」

「一千元。」

「我要這兩個。」

「好的，總共是一萬兩千元。」

店員確認是要送人的之後，便開始著手包裝。先將護手霜橫放在盒子正中央，再放入揉皺的淺紫色紙張填滿剩餘的空間，看起來彷彿是將護手霜埋在一畝花田裡似的。我覺得相較於實際內容物，這包裝似乎太誇張了。店員蓋上禮盒的蓋子後，又以貢緞材質的象牙色緞帶對角線綑綁盒子的左上角與右下角。最後，將價值一千元的卡片插入右下角。

湊滿了一萬兩千元，我卻完全提不起勁寫卡片，但是也不能送一張空白卡片，於是我一再拖延寫卡片一事，直到她婚禮前一天都送不出禮物。已經沒有時間了，我拿起筆，毫無計畫地開始寫：

閃亮姊，新婚快樂。

卡片上還有很多空白。

沒想到我們已經認識五年了，時間過得真快。

非常陳腔濫調，但是用原子筆寫的，改不了。

十年後，我們再以更成熟的姿態見面吧。

填滿了大部分的空白，我將卡片重新插回禮盒一角，拿著禮物搭上電梯。距離下班時間還有三十分鐘。

那是我已經很久不曾造訪的九樓，管理支援組依然在三年前的位置，總務部門也依然在同樣的位置。閃亮姊坐在三年前的座位上，吃著海苔飯捲。我越過辦公桌的隔間擋板，說悄悄話似的以手勢示意她出來走廊一下。她來到走廊上，邊說著「你怎麼會來這裡？」一邊歡迎我的到來。

「你才是呢，為什麼在這裡吃海苔飯捲？明天就是婚禮了，今天還要加班嗎？」

「還有事情要處理，不知不覺就弄到現在了。」

「通常婚禮前一天都會讓人提早下班，他們也太過分了吧？」

「月底的總務部門耶，有可能嗎？」

閃亮姊苦笑了一下接著說：

「最近人手很不足，因為主任的小孩比預產期提早出生，忽然提前放產假。如果連我也請婚假的話……臉色看不完囉！」

原本抱怨連連的閃亮姊，忽然看著我手裡的盒子問：

「那是什麼？」

「啊，這是送你的結婚禮物。」

「幹嘛啦，還特地準備這個……」

閃亮姊開始哭泣，我慌張了起來。為什麼要哭呢？我頓時有些害怕，怕她以為我不但送禮，還要去參加她的婚禮。更尷尬的是，她邊哭邊緊緊抱住我，我整個人幾乎完全埋進她高䠷的身型裡。每當啜泣的閃亮姊聳動肩膀一次，靠在她肩上的我的下巴也隨之上下抖動。經過走廊的人都有意無意地偷看我們。閃亮姊在我耳邊低語說：

「謝謝你，我本來還有點婚前憂鬱……收到這個，心情整個變好了。」

我感覺背脊發涼。剛好這時電梯門打開，我微微屈膝，掙脫閃亮姊的懷抱，匆忙跑進電梯。

「這不是你的筆跡嗎？」

在地下停車場見面的巨才問道。一片昏暗中，他手中的手機螢幕散發亮光。我端詳著巨才遞給我的手機畫面——是閃亮姊的個人頭像。我剛剛才交給她的手寫卡片，呈攤平狀被拍照上傳了。她的簽名檔則是這樣寫著：

手寫卡片蘊藏的真心。我是為了被愛而生的人。

「喂，她說是『手寫卡片蘊藏的真心』耶！」

巨才捧腹大笑，接著用宏亮的聲音開始朗讀卡片的內容：

「沒想到我們已經認識五年了，時間過得……」

「夠了。」

我搶過巨才手中的手機，再次檢視閃亮姊的個人頭像。那是一張以被淺紫色紙張圍繞的護手霜為背景，再聚焦特寫卡片的照片。方形的邊框經過漸進式的柔焦處理，猶如透過滿眶淚眼看見的畫面。其中，仍可見卡片裡的字跡格外清晰。我出神地凝視著套用了微微濾鏡效果的自己的字跡。明明是我寫的東西，拍成照片後，竟莫名有種陌生的感覺。**十年後，我們再以更成熟的姿態見面吧。**「我自顧自說著十年後……」我低吟著，感到十分茫然。十年後……那時，閃亮姊還在公司嗎？我還在公司嗎？

隔天，閃亮姊的個人頭像換成了椰子樹葉低垂的海邊，簽名檔也換成了「謝謝大家」。

*

那天我比平常晚了二十多分鐘才起床，不得不捨棄向來吃得簡單卻不曾遺漏的早餐，只能趕著上班。辦公桌上放著一個小盒子，是閃亮姊的結婚答禮糕，盒子上以草率的字體寫著：

感謝您出席閃亮的婚禮。我會帶著各位的祝福，從此好好過生活。

我打開盒子，裡面裝著一塊印著粉紅色愛心的白米蒸糕、四塊不同顏色的糯米糰糕和兩塊艾草色蜜糕。頓時感覺肚子有點餓，我口中即刻開始分泌唾液。撕開保鮮膜，拿起一塊撒滿黃豆粉的糯米糰糕放入口中，就像剛蒸好的一樣，依然熱騰騰。看來是今天一早送來的。我邊咬著既甜又有嚼勁的糯米糰糕邊想著，閃亮姊好好過生活了嗎？真心希望她好好過生活。

일의 기쁨과 슬픔

工作的快樂與悲傷

「來吧，Scrum。」

上午九點，總監最喜歡的Scrum時間。所謂的「Scrum」，是二〇〇〇年代初期以美國矽谷為中心開始的敏捷開發方法論不可缺少的要素，也是廣泛使用於像我們這種小規模新創公司的專案管理技巧。Scrum的大原則是：每天、在約定的時間內、以站姿簡單敘述各自昨天做了哪些工作，以及今天預定做哪些工作，最後由Scrum領導人以所有內容為基礎，檢視全員的進度。目的是以分享個人工作進度為最小單位，達到最好的工作效率。假如在充分理解敏捷開發的前提下進行Scrum，整個過程最長不得超過三十分鐘。然而，總監將Scrum當作早會一事，本身就是極嚴重的問題。就算員工能在十分鐘內結束Scrum，最後還是要聽總監囉嗦二十分鐘以上，每天因此虛耗至少三十分鐘的時間。

「不如就從Jennifer開始吧？」

設計師Jennifer是韓國人。敝公司位在韓國板橋工業園區而非美國矽谷，卻非要員工取英文名字，這是總監決定的。他表示，考量新創公司重視快速決策的特性，因此，包含總監及所有員工一律使用英文名字，為的是打造平等溝通的工作環境，並主張有階級之分的職別體制沒有效率。這個立意不差，但是，每次大家和總監或董事說話時，總是坐著說「上次David指示要過目……」、「Andrew賜教的……」，既然開口閉口都使用敬語[1]，為什麼還要取看似沒有階級之差的英文名字呢？不過總監David似乎並不在意這件事。其實我甚至想過，打造平等溝通的工作環境只是藉口，真正的原因是總監不想使用自己俗氣的本名：朴大識。取英文名字還有另一個壞處，由於大家都直呼名字，年長者更容易自然地使用半語，甚至因為我的本名叫「金安娜」，英文名字也被隨便取作「Anna」。進入公司後，走到哪裡都能聽見省略稱謂的「Anna、Anna」，加上默默改用半語，令我十分不悅。我必須取個能與本名區隔的新英文名字，例如Olivia之類的。

包含總監在內的全體員工，十個人同時背對自己的辦公桌，站著圍成一個圓圈展開Scrum。直到最後一人，也就是我結束發言後，總監目不轉睛地看著我問：

「Anna，我說那個龜蛋的事情啊……這該怎麼辦？」

總監在身後的白板上寫下「龜蛋」二字，在字的上頭畫了幾個圓圈後，又立刻用手擦掉，手掌都黑了。

「唉，我可是個連『龜』字都不想看見的人啊。」

「龜蛋」是我們正在開發的應用程式「烏龍市場」裡，刊登最多商品的使用者。我們不是賣烏龍麵的公司，而是在製作一個能以手機定位為準，進行二手交易的應用程式開發公司。「烏龍市場」這個名稱，是「我家附近的二手市場[2]」的縮寫，同時也包含了想要打造像大口吃烏龍麵那般簡單、零負擔的二手市場的含義——這是總監David的說法。即使不確定這是否是個好名字，但在主打類似概念的應用程式中，我們的確占有某種程度的優勢，以新創公司而言，也

1 韓語分有敬語和半語；對年長者、不熟的人等使用敬語，對朋友、年幼者、熟識的人等則使用半語。

2 韓語的「烏龍」與「我」家「附」近的二字同音。

已經進入穩定階段，累積了一定人數的使用者，引進地區廣告成為公司的下一個目標。在附近居民上傳的二手物品之中（捨不得丟棄的家具、過小的童裝、尚能使用的電子產品等），自然地投放地區廣告（新開幕的健身房、裝潢公司、攝影工作室等），我們必須趕在年底前完成廣告平台的設置、廣告營運、廣告版面出售，並同時讓烏龍市場正式開始營利。這是攸關總監與董事生死的事。

幾週前開始，龜蛋每天都在江南區與板橋區刊登近百件商品。光憑這點，就很難把他當作一般使用者看待，更奇特的是，他賣的不是二手貨，而是未經拆封的全新商品，而且定價往往比網路上最低價又更便宜一些。商品幾乎沒有任何描述，除了「名稱」、「型號」、「面交或宅配皆可」，再無其他說明。販售的商品也南轅北轍，每次刊登空氣清淨機、吸塵器、膠囊咖啡機，讓人開始懷疑他是否真的在轉賣親自購買的商品之際，又轉而刊登粉底液、防風外套、紅蔘、樂高等，把身為開發者的我搞得一頭霧水。不僅成交率百分百，龜蛋的個人頁面底下還有買家們交易後上傳的各種溫馨留言：「謝謝您以低價販售優良的產品！」看起來沒什麼大問題。然而，總監似乎有不同的看法：

「這樣放任完全不吻合我們服務宗旨的使用者，是對的嗎？一打開應用程式，整個畫面都被龜蛋的商品洗版，使用者會認為我們提供的服務是『我家附近的二手市場』嗎？他做到這種程度難道不該被視為濫用應用程式嗎？如何，是不是該給他一點懲罰？」

站在總監面前的Andrew雙手抱胸，點了點頭。

「再加上，這張個人頭像……豈不是真的龜臉的特寫照片？噁心得我都沒辦法直視了。要說我有多討厭爬蟲類，就要從當兵那時說起。有次我站崗完回宿舍的路上，有一隻這——麼大的蜥蜴擋在路中間。」

總監打開雙手與肩膀同寬。

「不騙你們，真的有這——麼大。因為那隻蜥蜴，那天我到天亮都無法跨過那裡，當然就不用睡了。所以我才這麼討厭爬蟲類。」

離題是總監的專長，我必須拉回主題。

「我明白David的心情，但我們不能把龜蛋視為濫用程式。」

站成一個大圓圈的員工們，視線統統投射到我身上。

「因為龜蛋，我們應用程式的評分大幅提升。點閱次數、使用人數、回訪率，全都是在龜蛋出現後才明顯上漲。此外，雖然不清楚究竟是不是龜蛋的緣故，但每週的新會員人數也開始不斷增加。再加上，龜蛋的成交率是百分百，這樣非但不是濫用程式，反而該把他視為忠實使用者。」

在我說完話之前，總監已經邊拿出手機邊說：

「不管怎麼說啦，刊登商品還是適可而止就好。」

接著，又在螢幕上向大家展示烏龍市場的即時頁面。

「你們看，我已經滾了滑鼠滾輪十次，全都是該死的烏龜文。」

總監提議，當出現像龜蛋這樣，同個使用者刊登過多商品的情況，是否能減少在頁面上顯示的比例。負責伺服器開發的同事嘆了一口氣，先以「你知道單單開發那種東西就要花上多少個星期嗎？」提問，再以「要在年底前趕出廣告平台已經很勉強了，可以不要再提些有的沒的嗎？」的語調，謙遜地數落了總監一頓。站著進行Scrum已經過了將近三十分鐘，似乎該快點坐下，開始工作，對烏龍市場的發展才更有幫助，但總監似乎完全沒有要結束的意思。

「萬一他賣的是贓物，怎麼辦？」

「嗯？」

「你們不覺得奇怪嗎？一天賣上百種沒有拆封的新商品耶！我問你們，如果那全都是偷回來的東西，怎麼辦？或者是賄賂之類的，那就非同小可囉！」

我微微將脖子往後仰，閉上眼睛。總監接著說：

「你們誰去見一見龜蛋吧？Anna，你去一趟吧？」

「我？」

總監從牛仔褲後口袋拿出皮夾，掏出兩張五萬元紙鈔緊緊塞到我手中。

「你用這個去跟龜蛋見面，看要跟他怎麼交易。啊！當然了，如果要買東西，你也可以買給自己。」

無法壓抑煩躁的我開口問：

「如果他願意見面，見了面要說什麼？」

「謝謝他使用我們的應用程式，然後叫他不要一直洗版，刊登商品稍微克制一點。一小時一個，一天二十個左右就好。」

真是鬼話連篇。

「還有，順便問他要不要考慮換一張個人頭像。不要用真的烏龜，改用忍者龜之類的。」

花了四十五分鐘才結束Scrum，終於可以回到自己的座位。身後傳來一聲嘆氣，是Kevin。身為蘋果手機應用程式開發工程師的Kevin，是我們公司扣除總監和董事之外的另一個老大。儘管他比我小兩歲，是公司裡的「真老么」，但基於他是David特地從另一家入口網站公司聘請過來的「天才工程師」，也可以將他視為公司的第三大龍頭。雖然身邊還有兩位安卓手機的開發工程師，不過Kevin一向獨力開發，而且他一個人開發的速度與多人一起開發的速度差異不大。坦白說，論實力，他確實很有實力。只是，雖然他看起來像是與電腦對話比與人對話更自在的典型工程師，平時性格溫順，但只要遇上程式寫得不順利或是抓不到bug的時候，就會變得極度敏感，並將歇斯底里的情緒發洩到他人身上，這是他的一大缺點。最大的受害者，當然就是「事實老么」的我。

我連上「Trello[3]。Kevin將我前一天放入「問題」清單的「照片選擇bug」任務先移至「解決」清單後，才開始測試。依然有問題。我於是重新把它移回「問題」清單並留言：

附加五張照片以上時，仍會出現bug。

寫完留言，一按下送出鍵後，立刻傳來Kevin的乾咳聲。不久，Kevin又將它移至「解決」清單，並留言：

3 一個管理專案的網頁應用程式。

完成修訂與反應。

重新測試後，一般情況確實沒有問題，但有些情況還是會出現bug。我再次將這個任務移至「問題」清單，並留言：

非iOS最新版本時，仍會出現bug。

輸入完，一按下送出鍵，原本在我身後的Kevin，忽然用尖銳的聲調叫了我一聲：

「Anna。」

我自覺沒做錯事，嚇了一大跳，縮起肩膀轉向他：

「是？」

「我這邊試沒有問題耶，請你再確認一次build[4]的版本。」

Kevin每次完成修正後，總是要我再次確認。他真的是天才工程師嗎？就當他是吧，我表示會再試試看。Kevin將椅子轉回辦公桌的方向後，又大聲嘆了一口氣。我戴上耳機，聆聽拉赫曼尼諾夫演奏的《幻想小品集，作品第三號》（*Morceaux de Fantaisie, Op. 3*），轉瞬精神澄澈起來，憤怒沉澱，心情也變得積極正面。我明天要聽顧爾德，後天要聽趙成真。我打開烏龍市場應用程式，在龜蛋販賣的膠囊咖啡機頁面留言：

請問可以在板橋站附近面交嗎？

眨眼間就收到回覆：

可以。中午時段方便。

4　以數字或日期表示版本的方式。

即使對這樣迅速的發展有些措手不及，但既然都要做，可以趕快解決最好，於是就這樣約定了。我將耳機裡的音樂換成拉威爾的《加斯巴之夜》（*Gaspard de la nuit*）。

＊

一身幹練套裝的女子，邊遞上環保袋邊說：

「麻煩先確認一下商品。」

熟練的口吻一聽就知道她不只交易過一、兩次。我打開環保袋，掀開盒子上層，眼前是在烏龍市場上看過照片的銀色咖啡機——連包裝的塑膠薄膜都沒拆除的新品。我一邊假裝在檢查商品，一邊朝龜蛋腹部的方向偷瞄。她脖子上掛著的員工識別證上印有ＵＢ信用卡公司的商標，還寫著「優惠企劃組副理　李智慧」。我之前聽說ＵＢ信用卡公司部分部門遷到隔壁大樓，所以心裡有底。但是，在大公司上班的人，為什麼要做這種事呢？

「請問你要付現嗎？還是轉帳？」

我將總監給我的兩張五萬元紙鈔交給龜蛋。她只留下一句「使用愉快」後，隨即轉身離去。有別於暱稱「龜蛋」，她的腳步飛速。眼看龜蛋的身影逐漸遠去，我心急如焚，我來這裡的目的不是要跟她交易，而是要執行David指派的任務。直到龜蛋的身影縮小到手指大小之際，我才邊拔腿奔向她邁步走著的方向，邊大喊：「等一下，龜蛋小姐！」她停下腳步並轉身。跑了快要一個路口的我，再次站在她面前。

「有件事……我很好奇，你在烏龍市場上刊登了非常多的商品。」

明明沒有跑多遠，卻上氣不接下氣。我理順呼吸後，接著說：

「那些商品是從哪裡取得的呢？」

龜蛋不發一語地看著我，一陣短暫的沉默流淌於兩人之間，她開口說：

「肚子不餓嗎？」

「嗯？」

「不是沒吃午餐就出來了嗎？我正打算去買個三明治。」

她指了指不遠處的星巴克招牌。

「要不要邊吃邊聊？我請客。」

「不用，你不需要這樣……如果不想說，也沒……」

「我是用點數換的。你不必覺得有壓力。我的點數非常多，搞不好是全國第一。」

說完，她忽然放聲大笑。

「其實，都是因為拉赫曼尼諾夫。」

用吸管喝了一口裝滿冰塊的咖啡後，龜蛋開口說。接著拿起掛在脖子上的識別證，邊用食指「叩、叩」地指了指UB信用卡公司的商標邊說：

「我們董事長是古典樂迷。」

「我知道，我有追蹤他的Instagram。」

「看來你也是會聽古典樂的人。」

UB信用卡公司的董事長趙運凡，是追蹤人數達二十萬人的Instagram網紅。起初因為大公司董事長也在使用年輕人玩的Instagram相當新奇，所以備受矚目，但他似乎很會玩。每次上傳套用了簡單濾鏡的照片，比如在國外出差時拍下的啤酒照、在家替家人準備料理的樣貌、在商場用自家信用卡結帳的瀟灑模樣，按讚數都非常高。他的Instagram也成為他自然展現自己是古典樂愛好者的管道。由於他時不時會上傳國外演奏會的消息或古典樂界的各種動向，不少古典樂迷也開始追蹤他。這也正是許多古典樂演奏會都是由UB信用卡公司策劃主辦的原因。

龜蛋表示自己原本隸屬UB信用卡公司的表演企劃組，也就是專門為每季一次的大、小型演奏會，甄選、接洽、邀請藝術家，乃至舉辦演奏會等一切事宜的部門。

「你一定知道，前年開始就一直有傳聞說拉赫曼尼諾夫會舉辦亞洲巡迴，但每次都是假消息。不過，因為去年底已經正式發出他會在東京舉辦獨奏會的報導，所以大家都跑去我們董事長的Instagram留言：『董事長，拜託舉辦拉赫曼尼諾夫的演奏會！』之類的。」

董事長看了追蹤者的留言，私下把龜蛋叫來，下達特別指令：「今年無論如何都要順利舉辦拉赫曼尼諾夫的來韓演奏會。錢的部分，你不必顧慮。」

甚至還不惜為此提出破格晉升的獎勵。

一個冬天跑了三次俄羅斯，龜蛋拚命埋首交涉。她沉思片刻，說那陣子幾乎是自己踏入職場十五年來最認真工作的一段時期。後來，龜蛋順利辦成拉赫曼尼諾夫的韓國首場演奏會，董事長龍心大悅，答應龜蛋下一季讓她破格晉升。

「當時公司事情很多。某天，部門裡一起共事的實習生問我：『副理，客服中心說很多人在詢問拉赫曼尼諾夫是不是要來韓國的消息，請問現在可以在官網公開了嗎？』一般來說，我們最晚會在六個月前公布消息，所以我立刻表示同意。消息一公布，大家又馬上跑去董事長的 Instagram 洗版留言：『董事長，太感謝了！』之類的。」

龜蛋說，正當她要宣傳組提供新聞稿時，忽然收到董事長的緊急呼叫──這是公布消息後還不到一小時之際。完全不清楚情況的她被叫進董事長辦公室，董事長非常生氣。

「他整張臉，連耳朵都脹紅了，對著我咆哮說：『誰准你隨便公布消息的！』」

「為什麼那麼生氣？」

「應該是想要先在自己的 Instagram 上公布吧。」

肩膀不停聳動、整顆頭前俯後仰的我和龜蛋，同時放聲大笑。

「很好笑吧？雖然很好笑，但我覺得很懊惱，假如彙報的流程有上達董事長的話……當然，通常必須經過董事長確認才會公布，可是一直以來都是確認好藝術家的部分後，就由業務部門自行決定何時公布，所以我完全不明白為什麼突然被找碴。或許是我當時太忙了，考慮得不夠周到，如果我有想到董事長那麼看重自己的 Instagram，就該先問他才對。」

董事長因為這件事取消了龜蛋的升職，甚至將她改派到其他部門。

「嗯……也不算是降職啦，畢竟也不是閒閒沒事做的部門，反而還是信用卡公司的主力業務部。至少到那時為止，我都還認為自己正好能趁這個機會試些新業務。」

她說，新部門主要負責規劃信用卡的優惠條件，並和提供優惠的合作公司討論相關事宜。一個月前，首次負責新發行的信用卡優惠的龜蛋正在報告時，董事長沒有預告就突然列席，嚇了她一跳。報告期間，董事長雙手抱胸，一直擺出一副相當不滿意的表情，還在問與答時首先拋出第一個問題。

「他說：『大家非得選用這張卡的誘因是什麼？如果只能選出一個原因，你認為是哪一項？』我當然很有自信地回答：『因為這張卡能累積兩倍點數。』我一說完，董事長立刻質問我。」

「他問什麼？」

「他說：『是嗎？單憑這一點就能成為那麼大的誘因？大家那麼喜歡點數嗎？』」

「大家不是都很喜歡嗎？」

「對啊，所以我又很有自信地回答：『是的，大家非常喜歡！』

說完，你知道他說了什麼嗎？」

「什麼？」

「那麼喜歡的話，接下來一年，李副理的薪水全部改成點數。」

董事長留下一句「按照我的指示轉達財務組和總務組」之後，便悠悠離席。這下子，實在教人笑不出來了。

「你不覺得他太過分了嗎？這樣合理嗎？」

龜蛋笑著說。她說這件事大概可以在公司裡流傳半年，另外多的是可以流傳一年、五年、十年的更誇張事件。位居高位的人和我們這樣的普通員工的思考模式截然不同，不去質疑他們的邏輯和行為，似乎才是上策。

「不能覺得他們奇怪啊。一旦開始覺得奇怪，腦袋就真的會變得奇怪了。」

她說，當月二十五號沒有收到薪水，於是她點開可以檢視ＵＢ信用卡累積點數的網頁。因為董事長一句話，整筆薪水真的全部變成點數。看到那筆巨額點數的瞬間，龜蛋有種心臟被狠摔到腳底下般的受辱感。她問我：

「你曾經在公司裡哭過嗎？」

我沉思片刻後，搖搖頭。

「我踏入職場十五年來，一次也沒哭過。無論是因為公布拉赫曼尼諾夫演奏會而被取消晉升資格，或是換部門、從江南打包行李來到板橋時，我都沒掉過一滴眼淚。可是，看到那些點數的時候，我哭了。因為點數實在太多了，我非常錯愕。」

沉浸於受辱感的龜蛋徹夜未眠，心緒全是「『我』這個人是不是完全被否定了？」的疑惑。儘管如此，早晨天色依然晴朗，仍舊活在世上的自己，還是要面對必須上班的事實。奇怪的是，勉強熬過一個工作天的那晚，龜蛋終於領悟原來什麼都沒有改變。她早餐用點數喝咖啡、在能使用點數的餐廳吃午餐、用點數逛超市，連父母的生日禮物都是用點數買的。就這樣過了一個星期後，她相當自在地接受了這一切。

「本來我該拿的是錢而不是點數，但仔細想想，錢有什麼特別的？錢，最終不過是讓我們在這個世界活下去的點數罷了。所以，我就有了新的打算。」

「什麼打算？」

「把點數換回錢就好啦！」

從那時起，龜蛋開始尋找可以最有效率地把點數轉換成錢的方法。首先，使用點數下單訂購一、兩個容易賣掉的商品後，拍照上傳到二手市場的應用程式，也就是我在經營的烏龍市場，只要有人留言就親自面交。聽完她這番話，我小心翼翼地問：

「話雖如此，你的售價還是比原價低了一些……而且還要自己刊登商品，代表要投入額外的時間與精力……怎麼看都是龜蛋小姐吃虧吧？」

「只要用員工帳號就能買到優惠價，當然我也是利用上班時間下單，然後再像這樣用午餐或外勤時間面交，幾乎不太占用私人時間。我盡量從中找到讓自己損失最少的方式。」

不知道為什麼是這個瞬間，聽完她的話後，我向龜蛋坦承道：

「其實我是烏龍市場的員工。」

龜蛋以十分訝異的眼神注視著我，立刻響亮地拍了一下手。她彷彿祈禱似合十的雙手，短暫地介於我和她之間。

「真的嗎？我居然在這裡遇見自己的恩人！」

龜蛋開始說起烏龍市場有多好用、做得多麼細緻、哪些部分比其他類似的應用程式更優秀等等，我好似生動地聽著來自使用者的文字回饋。她說自己最喜歡的功能是「拉回商品」。

「使用應用程式的時候，要重新刊登被擠到下面的商品很花時間。不僅要重新複製、貼上，還要再次附加照片……像我這種一次刊登很多商品的人，一篇、一篇重新弄真的很麻煩。可是，在烏龍市場只要按一個鍵就能立刻把舊商品拉到頁面上方，實在太方便了。」

決定加入「拉回商品」的功能是我的點子。為了防止濫用，每隔三天才能使用一次。

「聊天功能也很好用，還有評價賣家的功能，我也覺得很棒。不過，偶爾想要更換已經刊登的商品的主要顯示圖片時，好像會有問題。就算在頁面上成功更換，按下確認鍵後，還是顯示原本的圖片。」

這是我們早就發現的問題，Kevin 正在努力修正中。

「我們已經掌握那個 bug，也在修正了。下次更新時應該就會解決。」

對此喜出望外的龜蛋，表示自己一定會在應用程式頁面給烏龍市場好評。

春意盎然，我們走出咖啡廳，感受著一步步邁向夏日的春天。直到昨天為止，仍是早晚冷颼颼的初春，如今後頸已經能感受暖陽的熱度，背上也開始微微滲汗。脖子上掛著識別證的上班族們，紛紛呈現將輕薄風衣披在一手前臂上，另一手拿著外帶咖啡的樣貌。這是上班族唯一能夠活動身體並曬太陽的時間。一群戴著 Kevin 前公司識別證的人浩浩蕩蕩地經過我們面前。前公司倒閉後，我只錄取現在的公司，所以才來這裡上班，因此我也曾好奇像 Kevin 那麼聰明的人為什麼會選擇來這間公司。總監開口閉口就說：「年薪的部分，等我拉到廣告，自然不會虧待你們。」因此我猜應該不是為了金錢。令我感到意外的是，總監打動Kevin的絕招竟是：「這裡容許你發揮任何你想要嘗試的創意。」勉強被這句話說服已經很奇特了，單單被這句話說服就更令人驚訝。我不清楚Kevin現在是否正在發揮任何他想要嘗試的創意，因為他看起來每天都在忙著抓bug。

龜蛋表示自己還有外勤工作，必須去板橋站附近的停車場取車。為了過馬路，我們一起走上天橋。然而走上階梯後才發現有些異狀，這座天橋不是通往對面，而是通往我們原本所在的這一面的前方。換句話說，理應橫越馬路的天橋，竟然建得與馬路平行。龜蛋問我：

「真奇怪，竟然有這樣的天橋？」

「不知道耶，大概是設計錯了吧。」

「會不會是因為這樣做能遮蔽底下的路，幫大家遮陽避雨？」

「說不定是因為上班族要坐在辦公桌前一整天，希望大家稍微走路運動一下。」

「或許只是為了美觀，因為這裡每棟建築物都像是礙於法律規定而沒辦法好好設計。」

「現在我們該怎麼辦？」

「只能下去再說了。」她接著說：「不過，從這裡倒是能看得很清楚。」

龜蛋走向天橋中央的欄杆處，撐起雙臂托著下巴。我也走到她身邊，環視附近的景色。外牆猶如鏡子般閃耀的一棟棟大樓密密麻麻地矗立著，為了展現「科技園區」之名而蓋得太過強調未來感的建築群。第一次來到這裡的時候，我覺得就像身處科幻電影裡的冰冷外星城市。然而，科技園區同樣會在冬天開始下雨，接著迎來春天，綻放美麗的櫻花後又邁入夏天。龜蛋伸手指向某棟建築：

「哇，你看，NC大樓真的很酷。」

那是板橋最大的遊戲公司「NCSOFT」的辦公大樓。巨大的建築如實呈現其具壓倒性的公司規模。我開口說：

「那棟大樓的一、兩片玻璃，可以說我也有份。」

「看來你也有玩《天堂》。」

「以前的事了。」

「這一帶很多新創公司吧？」

「非常多，光是我們公司所在的大樓裡大概就有五、六間。」

「我曾經讀過一篇文章，裡面說新創公司的存活率只有百分之三。如何？你覺得烏龍市場會存活下來嗎？」

我又看了一眼 NCSOFT 的辦公大樓。偌大的建築中間空了一大塊，猶如左右兩槓稍長的「口」字。口字中，可見日正當中的熾烈天空，那是一片任誰都渴望戴上識別證，拿著咖啡，試著躍上一次的方形天空。每次望著那片被建築物圍起的方形天空，總會不禁想像某些東西穿梭其中的畫面，龍、鳥群、熱氣球、直升機……

「不知道耶，我們公司的總監或董事大概每天都在想這件事吧？直到閉上眼睛睡覺之前，可能都在不停地煩惱該如何吸引投資人、如何營利、如何成為那百分之三的新創公司之一。至於我，一下班就不去想公司的事了。」

「我也是。一踏出辦公室的瞬間，就從腦海裡拔掉公事的插頭，只想美好的事，只看美好的東西。比如烏龜，或是烏龜的照片和影片。」

當我轉頭看向龜蛋時，她早已掏出手機，上、下滑動相簿，向我展示了一張烏龜側臉的特寫照片。烏龜的眼睛下方有一道明顯的橘色。

「很可愛吧？這是我家的烏龜，名叫藍寶。」

說完又補上一句：「藍寶堅尼的藍寶。」

我表示理解地點了點頭後，她又遞上與這張看起來相差不大的另一張烏龜照片，並說：

「這是老二，瑪莎。」

「……拉蒂。」

「沒錯！」

興奮不已的她，再次挑了一張同樣看起來和剛剛兩張沒什麼不一樣的烏龜照片。

「這是老么。」

「法拉嗎？法拉利……」

「你超級聰明耶！」

我邊掏出錢包邊問：

「你刊登在烏龍市場的商品啊……我可以再買一個嗎？」

*

其實，我曾經在公司裡哭過，只是我沒有向龜蛋坦白。當時，我因為太在意身後Kevin的嘆氣聲，短暫地哭過「一剎那」，就是我用腳使勁踹向廁所門的那一剎那。「砰！」狠踹了門的那瞬間，眼淚咻的一聲滑下。雖然這就是全部了，但也不能忽略這件事，自稱從未哭過。

我買了一個龜蛋從後車廂拿出來的小樂高積木——和Kevin放在辦公桌上的樂高是一樣的星際大戰系列。早在Kevin進公司前，我就知道他喜歡樂高。因為，即使他是透過總監的人脈聘請來的人，幾乎百分之百確定錄取，但也不能完全不經過面試，還是要形式上面試一次，而我就是在那場面試中得知這件事的。結束三、四個關於程式開發的問題後，總監向 Kevin 提出最後一個問題：

「我們公司規模很小，所以不能只擅長開發程式，也要和其他人合得來才行。雖然全公司不到十個人，但這裡是一旦產生 trouble 就無處可躲的地方。因為每天都必須見到所有人。因此，某種程度的 social 也很重要。請問你能和大家好好相處嗎？」

當時 Kevin 以自己曾在樂高同好會擔任三年總務的經驗為例，想要證明自己的社交能力。從頭到尾像個透明人坐在總監身旁的我，必須強忍住笑意。KAIST[5]、樂高、總務，沒有一樣聽得出他有任何社交能力。假如他不是總務而是會長，也許還有些不同。聽說性格內向的開發工程師，說話時會緊盯著自己的鞋子；而性格外向的開發工程師，說話時則會緊盯著對方的鞋子……這個世界上的樂高同好會究竟是個怎樣的團體？類似派對之類的嗎？

5 韓國科學技術院，名列韓國五大名校之一。

下午一點十分，我走上公司辦公大樓的頂樓，這是Kevin每天固定抽菸的時間。一個人究竟要多麼規律、多麼像個機器人，才能連抽菸都固定同個時間？如我所料，這個時間絕對能在此遇見抽完菸後轉身的Kevin。Kevin看到我時嚇了一跳，接著又看見我手上的樂高，星際大戰系列「達斯・維達的誕生」，更被嚇得打了個寒顫。我遞上樂高，對他說：

「提早的生日禮物。」

看來Kevin的腦袋還在思考「能不能收下？」，手卻已經伸向樂高盒子，猶如一個演算法出錯的機器人。

「該不會你已經有了吧？」

「不，我沒有，而且這還是我一直想要的……」

將盒子捧在腹部前，雙手來回撫摸著盒子邊角的Kevin看也沒看我一眼地答道。我緩緩走向他習慣抽菸的頂樓角落處，踩上花圃的磚塊，環顧四周的景色。從這裡也能看見口字型的NCSOFT大樓，甚至還能看見和龜蛋一起走過的詭異天橋。

「不如把寫程式這件事看淡一點吧？」

Kevin 不發一語地望向我。

「我希望你不要把自己看成你所寫的程式。」

我接著說：「bug 就只是 bug，不該是蠶食 Kevin 的東西。」

Kevin 將視線投向我的運動鞋。我從花圃上跳下來，拿出原本放在地上環保袋裡的膠囊咖啡機。

「我會把這個放在茶水間。一起喝吧。我打算叫大識去買咖啡膠囊。」

瞬間，我和 Kevin 的手機提醒聲幾乎同時響起。我們各自從口袋掏出手機檢視，接著用一模一樣的表情笑了。

＊

原本以為總監已經下班，他忽然走進來向獨自留在辦公室的我搭話，問：「今天是星期五，怎麼不早點回家？」我回答：「還剩下一些工作。」說完，總監立刻露出感觸良多的表情，低頭看著我說：

「只要拉到廣告，賺到更多錢，我就多聘一個企劃給你。」

「多聘一個企劃之前，麻煩先聘一個蘋果手機的開發工程師。我快瘋了。」

「怎麼了？Kevin 最近還會對你發脾氣嗎？」

「說了也沒用。」

「Kevin 這個臭小子，看來是敬酒不吃、吃罰酒了！」

總監突然用腳大力踹了 Kevin 的椅子，帶滾輪的辦公椅無奈地滑至遠處的辦公室門口。這是他絕對不可能在 Kevin 面前做的舉動。一旦 Kevin 揚言要辭職，總監百分之百會跪下來挽留他。

「兩個人一起做都覺得辛苦的工作，現在只有他一個人做，想必一定更加辛苦吧？就算他再怎麼天才……難道你當他是賈伯斯嗎？」

「我知道了。只要拉到廣告，我會再多聘蘋果手機的開發工程師，也會多聘企劃給你當屬下，真的！」

我將原本擺在辦公桌上的三、四個紙杯整齊疊好後，丟進垃圾桶。

「David，我們現在開始不要喝即溶咖啡，改喝膠囊咖啡吧。機器我已經拿來了。」

「呃……嗯……那個很貴嗎？」

「當然比即溶咖啡貴，但是能提高工作效率不是嗎？汽車也一樣啊，用一般汽油或高級汽油，顯然有差。」

總監無法爽快答應，雙手抱胸，遲疑片刻後才開口說：

「我會研究研究，盡量朝好的方向思考。」

說完又補上一句：「你知道我很在乎你的臉色吧？」裝出一臉可憐樣。

其實我不是為了加班而留下來，是因為拉赫曼尼諾夫的獨奏會從九點開始預售門票，等我回到家可能已經超過九點了，所以才留在公司打發時間，等到訂票成功再無牽無掛地下班。

我打開購票網站，一邊靜候網站上的顯示時間走到「21:00:00」，一邊點開「孤獨的趙成真」聊天群組。一進入群組，就看到有人在一篇名為「求卡內基音樂廳的高畫質照片」的文章底下上傳了趙成真的照片。我打開MacBook的「蕭邦」資料夾，唰的一聲，螢幕上一口氣顯示數千個趙成真的jpg、gif、avi檔案。我點擊打開其中一張，跳出一張他的嘴巴宛如鴨子般噘起、飄揚著瀏海專注演奏的gif檔。雖然沒有聲音，我仍知道檔案裡的他正在演奏的曲子是德布西的《月光》（*Clair de Lune*）。完美的長相。他怎麼能長得如此優雅？

我又打開「卡內基音樂廳」的資料夾，從中挑選幾張畫質清晰的照片上傳到聊天群組。一上傳完畢，立刻又有人上傳另一張照片，是趙成真在平台鋼琴上托著下巴的大頭照。照片留白處可見歪歪扭扭的字跡寫著：

謝謝老師。祝福您有生之年少做點，多賺點。

九點前，我還有一件事情要完成。幾個月前買好票的趙成真香港獨奏會，眼看就是下個月了。國定假日加上週末，再花上重要的一天年假，就成了既能玩樂又能聽演奏會的四天三夜假期。我點開機票網站，買了香港的來回機票。雖然稍微貴了一點，但今天是發薪日，所以我想，可以的。

나의 후쿠오카 가이드

我的福岡導遊

完成入境審查，一步出國際線航廈，就能看見公車售票處——和知遊小姐的指引一模一樣。我掏出手機，向售票窗口的售票員展示知遊小姐傳給我的日文訊息，拿到了前往由布院的公車票。收下車票後，售票員立刻指了指門口的方向和自己的手錶，一邊說了些什麼，想必是在告訴我已經快到發車時間，要我趕快前往月台。我急忙奔向月台，忽然對這不可置信的一切綻出一絲苦笑。直到昨天早上之前，我完全沒想過會在隔天下午置身此處——福岡機場。

再次與知遊小姐聯繫上，約莫是我先傳了問候的訊息，準確地過了一個星期時。那是時常掛念著「要不要聯絡她？」的我，時隔近一年才傳送給她的訊息。沒收到回覆的一週間，覺得自己被忽視了，一下子碎唸「太過分了吧」，一下子想著「搞不好是她沒開通訊軟體」，一下子浮現「可能她現在不想和任何人交談」的念頭，之後又回到「太過分了吧」。就在思緒往返了三、四次之際，知遊小姐回覆了：**智勳先生，好久不見。**一句簡單的問候，足以令人瞬間忘卻「太過分了吧」那些念頭。

去年春天，我在公司的婚喪喜慶公告群組看到以「法務組宋知遊配偶喪亡」為題的文章。那時距離在同個群組看到知遊小姐結婚的消息還不到三個月，無論是公司餐廳、大廳、吸菸區，所有人都議論紛紛，彷彿對悲傷上癮一般，人人緊皺眉頭卻又不時提起這件事，深表遺憾地說「聽說是交通意外」、「剛新婚就這樣，真可憐」，也有人問「她結婚囉？」或是「該去登記結婚，還是不該登記結婚呢？」之類的話題。當我煩惱著究竟要不要去問候她時，便被推派作為部門代表前往弔唁，於是我決定多包些奠儀，大概是平常金額的兩倍左右。當時我並不知道知遊小姐結束喪假後，會立刻辭職。

知遊小姐離職後，告訴我她前往日本生活。雖然早已從公司其他人口中得知消息，但怕知遊小姐尷尬，我依然做出像第一次聽見一般的反應。

「我最近待在福岡。」

「那不是發生地震的地方嗎？」

「那是福島。」

別說福岡了，對於連日本都沒去過的我的提問，知遊小姐似乎是發自真心感到驚訝。她說：「都三十三歲了，竟然連日本都沒來過，你到底都在做些什麼？」還取笑我「比想像中更鄉巴佬」。這樣猶如從前般親近而被開的玩笑，感覺真好。

「下次來福岡玩吧，我會當個認真的美食導遊。」

「你請客嗎？」

「當然。」

「這種話，我聽了通常不會忘喔。」

為了不尷尬，我們還是像昨天才見過面那樣繼續對話。也是啦，一年前我們幾乎每天見面，一邊聊著共事過的傻呼呼新人、主管的減肥計畫、老闆不久前的報紙採訪，一邊笑著。我們循著單單一個詞彙就能引人捧腹大笑的脈絡，分享著新萌芽的共同笑點。知遊小姐問：「最近公司氣氛如何？」我刻意哀聲嘆氣地說：「從今天開始正好接連放假，公司創辦紀念日、兒童節、佛誕日[1]，以及週末這整個黃金連假週，大家都出去玩了。」

「智勳先生為什麼不出去玩呢？」

本來已經輸入「就是說啊」的我，又迅速按下退格鍵刪除這句話，重新輸入：

「我在想，要不要買張去福岡的機票。畢竟那裡有個願意當導遊，又願意請我吃飯的人。」

知遊小姐在通訊軟體上「呵呵呵」地笑了好一陣子，和她實際的笑聲很像。我憶起她的側臉，渾圓的額頭銜接鼻樑，笑的時候，她會將這處皮膚皺出一道道紋路。我用接二連三的爛笑話逗得知遊小姐連連發笑，同時用筆電搜尋前往福岡的機票。恰好有一班隔天下午兩點出發的班機，心想或許是最後的機會，我趕緊在眨眼間完成結帳。其實，直到按下結帳按鈕的前一刻，我都還有些猶豫，因為前女友之一正是那家航空公司的國際線空服員。一直猶豫不決很惱人，而且這個想法真的只閃過一瞬間。反正飛到日本不過是一、兩個小時的事，萬一真的碰上了，如坐針氈也很快就會過去。再加上，如果因此剔除這家航空公司的話，也沒剩下幾班飛機能搭了。我用手機拍下寫著出發與抵達時間的機票完成結帳的畫面，傳給知遊小姐。知遊小姐看到照片，又「呵呵呵」地笑了好一陣子後說：

「第一次看到這麼有行動力的人。」

我並不討厭這句話。我繼續問：「這段時間是否有其他計畫？」

她的答案更是無比耀眼而完美：

「沒有。日本也是黃金週連假，Golden Week。」

太好了，太好了。從那時起，放下心頭大石的我開始加速邀約，開玩笑地說：「說話要算話，我絕對要吃一頓超貴的飯。」她非但笑著說：「雖然只是五分鐘前才承諾的事，但承諾就是承諾，我一定會遵守。」甚至還先一步提議行程：

「你要不要先來由布院？我現在待在這裡。」

她表示會幫我在她目前留宿的地方附近找間住宿，並提議我們先

1 每年農曆四月初八，慶祝佛教創始人釋迦牟尼佛誕生的日子。

在由布院觀光後，再一起去福岡。由布院也好，福岡也好，福島也罷，都不重要，重要的是那是她所在的地方，所以我一味地反覆說著「好啊」、「當然好」之類的話。

其實我和知遊小姐從來就不是什麼特殊的關係，不過我肯定我們之間曾經流淌過特別的氣息。儘管已經三十三歲還沒旅行過幾次，但交往過的女人倒是不少。所謂的「戀愛機率」，只要見個面，聊個一、兩句，很快就能感覺，算是容易察覺的一種東西。不過，我已經不是二字頭而是三字頭，懂得靜候適當的時機。

初次見面時，她有男友，而我也有正在交往的女人。這不是太大的問題。坦然談論彼此的戀愛，反而能在兩人之間製造若有似無的性的緊張感，也能不時讓對方想起自己男友的缺點，是個很常用也很好用的方法。然而，知遊小姐是不太透露戀愛經驗的類型，儘管我悄悄地將對話導往那個方向，也不太管用；若是開門見山地問起戀愛近況，她也只是簡單回答，從不先說自己的情事。話雖如此，用不著著急。即使比較少見，確實有些女人會為了不讓對方失去好感而給予這樣的反應。我熟練地等待著。絕對不讓自己或對方陷入腳踏兩條船的狀況是我的道德底線。然而，當我悠哉地製造氣氛，暗自盤算究竟該從何時正式開始示好之際，她出乎意料地向我遞上喜帖，是一張繪有兩隻綠頭鴨頸上繫著蝴蝶結的卡片。

「很漂亮吧？我畫的。」她說。

我必須承認這是場意外的敗北，生疏地感受著自己單戀的事實。知遊小姐婚禮當天，只送上禮金便窩在家裡的我忽然覺得淒涼，便獨自出門開車兜風。漫無目的地沿著江邊北路奔馳，從漢江大橋跨越漢江後，頓時看見對向車道有輛引擎蓋上繫著大蝴蝶結的結婚禮車。雖然不可能，但我彷彿能感覺知遊小姐就在車內。我想是我掉以輕心了，才會錯失良機，也想起幾次自己不當一回事的關鍵時刻。

儘管如此，我並不打算無謂地留戀，「反正交往後遲早要分手」，秉著這個念頭整理好思緒，很快就能再和其他人交往。

我不是完全沒有想過知遊小姐恢復單身的情況，畢竟這個世界本來就不是「結婚一定會天長地久」。不過，喪偶的確是始料未及之事。我可以發誓自己從未有過這種期盼。我想我的哀悼對她或我都沒有太大幫助，因此只簡短致哀便結束這件事。我只想思考關於自己的部分。畢竟人本來就是自私的。我認為這是上天給我的第二次機會。就算在搜尋列上輸入「喪偶後，需要多少時間復原？」也找不到任何正確答案。結婚時間的兩倍嗎？如果他們一起生活了兩個月，那就是四個月嗎？不然，一年能夠復原嗎？我有些焦急。不過，無論如何，我現在抓住了她的黃金週，剩下的事就很清楚了。前往福岡，與知遊小姐見面，再之後，就是我有自信的部分了。

第一天

從車站搭計程車抵達住處時，正是日落時分。基於我是毫無蒐集任何資訊就匆忙趕來日本，抵達的時候才知道入住的不是飯店，而是日式旅館。經過墨色瓦片堆疊而成的大門，即是佇立著幾株竹子整潔優雅的庭園。走過一座搭在圓滾滾礫石上的石橋，一走近，便看見站在日式旅館建物前的知遊小姐。她身上穿著一套碎花圖案的和服，其實那不是和服，而是浴衣。後來我才知道，我也得穿那種衣服。撇除先前的短髮已經長過肩膀之外，知遊小姐的樣子與一年前一模一樣。

「又見面了。」

知遊小姐說。我喜歡的正是這個聲音。

「知遊小姐一點都沒變。」

我是真心的。內心驟然感到些許酥麻。我對知遊小姐的情感，或許比記憶中來得更強烈。直到這個當下，我才終於有了這個想法。知遊小姐將從旅館員工手上取得的鑰匙遞給我。

「放好行李就來我房間。」

我懷疑自己的耳朵。

「去知遊小姐的房間？」

「吃晚餐啊。必須換上像我這種衣服才能過來，你右邊那間。」

她笑著說，在一房難求的旺季，恰巧有人取消入住她的隔壁房，才讓她訂到房間。我真要好好感謝這件事。可是，為什麼要我去她的房間呢？一切都太不可置信了，我腦中甚至浮現「難道是我一直以來的衰運終於獲得補償了嗎？」這類念頭。我跟著旅館員工的指引進入二樓的客房，是在日本電影裡見過的塌塌米房，窄小但溫馨。房間一側的衣櫃裡整齊放著一套與知遊小姐相同花色的浴衣。我有些不自在地穿上。雖然忽然要換穿碎花圖案的衣服令人不知所措，我依然按照她的吩咐穿好，前往隔壁房。食物的氣味湧出半掩的房門，走進房內一看，兩人座的大型日式矮桌上早已擺滿料理。各自的日式火鍋在小火爐上沸騰著，我只是粗略地瞥一眼，就能看出桌上擺了超過二十道菜。

「再晚一點來就吃不到了。現在已經是最後點餐時間。」知遊小姐邊將啤酒倒入凝滿白霜的杯中邊說。

「我不知道要像這樣在房裡用餐。」我說。

「看來智動先生真的是第一次來日本啊！」她笑著說。

我與知遊小姐隔著矮桌相對而坐，一切正朝著出乎意料的態勢發展。足以使我腦袋微醺恍惚的一口沁涼啤酒、眼前身穿浴衣的知遊小姐，以及和她的對話——是啊，我一直懷念這樣的對話。即使不是因為她很美我才喜歡知遊小姐，但她終究很美。坦白說，美麗的女人很多，隨處可見，只要下定決心，隨時都能交往。回想我至今交往過的女人，知遊小姐其實不算太搶眼。就經驗來說，美麗的女人往往無趣。然而，認識知遊小姐這麼久以來，我連一瞬間也不曾覺得她乏味。我和她很聊得來，這是在過往的任何關係裡都未曾有過的感覺。每次和知遊小姐聊天時，她脫口而出的話語間的呼吸與我的呼吸融洽協調，彷彿形成一股獨特的節奏。敬語與半語、愉悅與機智、熱情與調皮，我們像是玩牌一樣，一來一往地輪流出牌。她笑得很開心，也玩得很開心。無論攻守都不容小覷。真的，絲毫沒有空隙感覺無趣。

知遊小姐是三年前加入我們公司法務組的律師。補上由我負責的新產品線的法務研討專員離職空缺的人，正是她。結束交接的第一場會議後，我獨自前往員工專用咖啡廳點了杯咖啡時，剛剛才在會議室道別的她，冷不防向我搭話：

「我看過你登在社報上的影評。」

啊，就是這個。儘管明明希望他人能閱讀自己的文章，但初次見面的人以讀過我的文章開啟話題時，我的雙頰仍頓感脹熱。我曾在新人時期擔任公司報紙的頭版模特兒，當時認識公司報紙的負責人後，他便拜託我負責一個專欄，於是我開始為隔月發行的公司報紙撰寫影評。「可以完全按照自己的意思寫嗎？」「當然，只要填滿版面就好。」「寫藝術電影也行嗎？」「當然啊，反正也沒人看。」基於諸如此類的對話，我便隨心所欲地寫。「上個月寫了什麼？」不，這不是問題，問題是「真的有人會看那些東西嗎？」。

「你真的那樣看待那部電影嗎？有些部分我想和你討論一下。」

「請問是哪部分……」

「最後一段話。對於你寫道『無法賦予任何名稱的人類與人類的普通愛情』，我並不那樣認為。」

知遊小姐的口吻像是參加ＭＢＣ電視台節目《激辯一百分鐘》

（100분 토론）的公民代表。

「哈，原來是那部分。儘管如此，也請尊重我的評論。」

應知遊小姐的要求，我們在員工咖啡廳邊喝咖啡邊討論了一陣子。我幾乎不記得實際的對話內容，但當時對話中流淌的氣息，亦或是氣氛，我總能隨時清晰地憶起。因為知性交流而變得激動，我們開始有些浮躁，而這一切顯然蘊藏著化學反應產生的火花。經過漫長的對話後，她要我承認自己評論錯誤。我將雙手微舉過肩，說了句：「好吧，我承認。」接著善用對話期間捕捉到的資訊，又補上一句：「我們好像同年吧，要交個朋友嗎？公司朋友。」

用餐期間，穿著和服的旅館員工邁著碎步進出塌塌米房，不停地收走空盤子又補上新餐點。一上完甜點，一位貌似經理的員工進房說明溫泉的使用方式，知遊小姐立刻為我翻譯經理說的內容：

「主要的溫泉是頂樓的露天溫泉，一樓也有小型室內溫泉。一樓的溫泉上午是男湯，下午是女湯。頂樓的溫泉則相反，晚上九點開始是男女混湯。」

「混湯？」我不由自主地脫口道。

「怎麼了？想去試試嗎？」知遊小姐問。

「也沒有一定要……」

「既然都來了，就試試吧。反正天黑了什麼都看不見。」

「嗯……這樣不好。」我搖搖手。

「仔細想想，如果智勳先生現在不去的話，就去不了頂樓的溫泉了。」

「什麼意思？」

「頂樓的溫泉是主要的溫泉，但男湯時間已經結束。雖然可以等到明天早上再去一樓的溫泉，但那是室內的，很小，很普通。既然都來到這裡了，不試一次露天溫泉沒關係嗎？」

「也是啦。」她的話聽起來很有說服力。

「我昨天有去，真的很棒。整片星光像這樣灑下來，唰——」

知遊小姐收回高舉過頭的雙手，刻意捧著自己的臉蛋：

「不去的話，會後悔喔……」

接著又用很遺憾的語氣補上一句：「我打算今天也要去。」

這時我無法不想起一張照片。某次，我看見知遊小姐的筆電桌面，那是椰子樹佇立的海邊夕陽，右下角有個女人拄著衝浪板的剪影，尺寸約莫只有指甲大小。仔細看的話，畫面中的女人身穿比基尼。再看得專注一些，就能辨認出那個極度模糊的女人是誰。

「哇！這是知遊嗎？」

原本正在整理其他資料的她，匆忙跑了過來，迅速闔上筆電。

「幹嘛看別人的電腦看得那麼仔細啦。」她邊拉近筆電邊說。

「明明就是故意要給別人看的。」

「才不是！」她噘起嘴。

下一次會議時，我再次以餘光掃視她的筆電。桌面背景依舊，只是右下角的知遊小姐身上多了個Excel檔的圖示，猶如蓋了一件被子似的。

上去頂樓溫泉前，我在房裡做了伏地挺身。大概做到五十個左右的時候，汗珠從耳朵滴落，塌塌米的印痕深深地留在掌心上。完成一百個後，我透過浴室的鏡子照了照上半身，依序灌注力氣至胸、腹、三頭肌。接著，快速俐落地自慰。各方面都舒坦了許多，這下子似乎才終於能順利享受混湯。

我爬上樓梯，打開通往頂樓的門，類似小木屋的房間映入眼簾，看起來應該是更衣室。循著水聲的方向，過了小木屋後，想必就是露天溫泉了。更衣室有兩扇分別以漢字寫著「男」、「女」的門，我不禁想：「走出去後只有一座溫泉，這樣分別有什麼意義？」走進裡面一看，根本也不是所謂的更衣室，只有三、四個擺在架上的塑膠籃罷了。我把脫下的浴衣放進塑膠籃，將從房間帶來的毛巾圍在腰上，深呼吸一次後，打開看起來像入口的門。頂樓十分寬敞，越過矮牆，即可望見被漆黑山影環繞的由布院全景。這時，背後傳來一個熟悉的聲音：

「你來啦？」

更衣室前面有座與更衣室差不多大小的溫泉，裡頭只有知遊小姐一人，坐在溫泉左側的盡頭。她頭上包著白色毛巾，只露出頭部。我內心一沉，感覺有個東西從胸口轟的一聲墜向腹部。天黑了什麼都看不見？完全不是。月光比想像中來得明亮。雖然溫泉水持續流動，但水流不算太強，她浸在水裡的右乳側影乍現，我趕緊將視線轉向她的臉。兩人一對上眼，她甚至若無其事地把手伸出水面，向我揮手。果然，來這裡是正確的選擇。儘管如此，我內心依然不停複誦著「我只是來泡溫泉而已，冷靜」。趁著知遊小姐抬頭仰望天空之際，我以最快的速度扯下圍在腰間的毛巾後泡入水中，並在溫泉的右側盡頭找了個位置坐下。我和她的裸體正泡在同一池水中。冷靜。

「如何？只有兩個人，不會太窄吧？」

「對啊，星星也看得很清楚。」

「現在來這裡住宿的韓國人比日本人多，所以很自在。」

「什麼意思？」

「韓國人多但不太會來混湯，因此我昨天也是一個人包場。」

「也是啦，光是聽到『裸湯』一詞，大家就嚇壞了。」說得好像我沒有被嚇到一樣。

「為什麼?只是泡湯而已啊……難道脫光了就一定會發生什麼大事嗎？」

「就是說嘛。」

附和完，我接著問她一句：

「是說，知遊小姐為什麼偏偏要來日本？」

「我妹妹也在日本。加上距離韓國近，語言又通，很快就找到工作了。」

醞釀片刻後，她才又接著說：

「不過……其實我不想繼續待在韓國。『跟誰住在一起？』『有沒有男朋友？』『結婚了嗎？』日本人不會對這些問題追根究柢，讓我覺得很自在，儘管不清楚他們內心的真實想法是什麼。」

此外，她也透露童年時曾在東京生活，因此相當適應日本的生活方式。她跟著外派的父親到處生活，曾經在德國與日本上學。

「智勳先生知道德國也有混湯嗎？我就是因此才覺得混湯很平常。朋友來找我的時候，我一定會帶他們去泡溫泉，可是一看到是混湯，大家都會覺得尷尬。在德國，連桑拿都是全部人一起進去使用，所以我小時候一直以為所有國家都是如此。」

聽著知遊小姐述說童年往事的期間，一對中年夫妻走上頂樓，一眼就能看出他們是韓國人。肚子大到彷彿臨盆狀態的大叔，瞥了一眼坐在溫泉兩側的知遊小姐和我的臉後，悄悄地在我這一邊的對面找了個位置坐下。大叔身上穿著一條鬆垮垮的四角內褲。我和知遊小姐同時看向彼此，為了忍住笑意，兩人都緊咬嘴唇。貌似大叔妻子的大嬸，連溫泉都不敢靠近，站在遠處東張西望。

「有點奇怪耶，這裡確定是穿泳衣進去嗎？」大嬸牢牢拽著圍在身上的毛巾，喃喃自語道。

就在此刻，知遊小姐突然從水中起身。這是完全意想不到的事。包括我在內，當時頂樓所有人都下意識地望向知遊小姐。「啊——」大嬸忽然高聲尖叫，接著目不轉睛地盯著泡在水中的我之後，大喊道：

「老公，我就說吧！這裡的人都脫光光啦！」

彷彿我們聽不懂似的說著。想必是把我們當成日本人了。我同樣感到慌張，因為知遊小姐一絲不掛的身軀如實地呈現在月光之下，正是我從前在她的電腦桌面上見過的那副身軀。不，比起當時見過的模糊影像，此刻她的軀體線條更是清晰。知遊小姐紮好大毛巾後，走向更衣室拿了錢包，朝自動販賣機的方向走去。大叔用閃爍的眼神打量著我，眼裡滿是「你也裸體嗎？」「你沒穿內褲嗎？」，隨後便驚慌失措地撩起被水泡得既濕又重的四角內褲離開溫泉。耳邊傳來那對夫妻匆忙離開頂樓的聲響，我在知遊小姐注視著自動販賣機的期間，凝望她的背影。即使圍著毛巾，依然能看出我不久前才見過，裹覆其中的臀部是什麼模樣。臀部，法務組宋律師的臀部，宋知遊的臀部。我有些暈眩，起身離開溫泉。在水中的時間越長，溫泉的溫度似乎變得越高。身體的滾燙，將臉龐的熱度推向炸裂的臨界點。雖然僅是片刻，但離開溫泉後，冷空氣吹拂全身，確實感覺自己重新活了過來。

就在耳邊傳來鐵罐從自動販賣機掉落的聲音時，我迅速將身體再次沒入水中。知遊小姐雙手拎著兩罐啤酒，笑著朝我的方向走來。我也向她展露微笑。知遊小姐再次若無其事地以極緩慢的速度解開圍在身上的毛巾後，步入水中。為什麼她偏偏……解得那麼慢……

「不熱嗎？」她邊將朝日啤酒遞給我邊說。

當然熱，怎麼可能不熱？但我泰然自若地說著反話：

「比想像中好一點。」

「那個內褲大叔，到底在搞什麼啦！」她語帶嘲諷地說。

「就是說啊，怎麼會想要穿內褲泡湯？」

赫然憶起大叔陳舊的濕答答內褲，兩人同時放聲大笑。沉默了一下子後，又因其中一人強忍不住而滲出的噗哧笑聲，讓另一人也不禁跟著大笑，「咯咯、咯咯」地笑了好久。明明沒什麼，怎麼會如此有趣？因為正在度假嗎？完美得超乎預期的第一天。我回到房間，想著就在隔壁房側躺著的知遊小姐。但我已經不是二十三歲而是三十三歲了，懂得靜候時機。必須這麼做。這只是黃金週的第一天而已。

第二天

大濠公園，從由布院前往福岡後的第一個景點。公園中央有座大湖，這公園之遼闊約莫是無法從入口看見盡頭的程度。沿著湖邊走，正好看到正中央有間星巴克，其建築的一面順著湖的一側蓋成長條狀。我和知遊小姐宛如過隧道般環顧空間狹長的星巴克後，各自步出建築。排隊的人龍延伸到店外，我們也在那裡會合。

排隊排到一半時，一位牽著腳踏車的白髮老爺爺走向我們。俐落的混色外套，搭配一頂格紋貝蕾帽，腳踏車前的置物籃內，載著一隻亮棕色的小狗，應該是柴犬。老爺爺向知遊小姐搭話，看來是想拜託她在自己去洗手間的期間幫忙顧一下小狗。知遊小姐表示由她去點咖啡，讓我留下來顧狗比較好，於是老爺爺將小狗的牽繩綁在停好的腳踏車前輪上。

當我坐在草地上愣愣地看著綁在腳踏車上的小狗時，有個日本女人莫名其妙地靠近，蹲在小狗面前，用日語說了一句「真可愛」。我偷偷瞄了她一眼，長得很漂亮。大大的眼睛，強調腮紅的妝感，不過這漂亮的臉蛋卻莫名讓人覺得哪裡不太對勁。她忽然坐到我面前，看著我問：「你是韓國人吧？」我嚇了一跳，反問她：「你怎麼知道？」她回答：「長得很像韓國人啊。」她表示自己很喜歡看韓劇，正在認真學韓文，目前還很生澀，顯然是在想盡辦法應用韓文的階段。為了配合她，我盡量將語速調到最慢。我一向聽說日本女人比較被動，因此她意料外的舉動著實令我驚訝，像是主動向陌生男人搭話之類的。

「請問你曾經在演藝圈或電影圈工作嗎？」她問。

「怎麼了嗎？」

「感覺很像。臉，有種模特兒或演員的感覺。」

「我參與過電影，當導演。」

這話一半是真，一半是假。大學時期，我曾在電影社拍過短片，但不是當導演，而是演員，在校內影院上映的電影。

「原來你是導演！」她的眼神閃閃發亮，繼續問：「電影的內容是什麼？」

「自己心愛的女人是有夫之婦。」

為什麼我會這麼說呢？不自覺地就脫口而出了。

「哇，很厲害耶！」

日本女人邊說著誇張的讚嘆詞，邊將合十的雙手靠攏到嘴邊，接著開始聊起自己看過的韓劇，她特別喜歡古裝劇。

「其中最喜歡的就是《咚伊》了。」

就我所知，沒有任何一部電視劇叫作《咚伊》，顯然是她搞錯了。不過，由於她的韓語並不流暢，我也不想和她多解釋，於是轉移話題：

「我從沒看過日劇，但還滿喜歡日本導演的電影。」

「哪一位？」

「是枝裕和與松岡錠司。」

「啊……」

發出讚嘆後，她接著說：

「我第一次聽到。」

太荒謬了。他們可是連在韓國都沒人不認識的導演。

「鹽田明彥呢？」

「完全沒聽過。」她歪著頭說。

我失去和日本美女對話的興致。

「你打算在日本停留多久？」她問。

「三天兩夜，和我太太。」

「哦？原來你結婚了。」

她流露出超乎必要的驚慌神情。我邊望向她的肩膀後頭，邊說：

「她來了，我太太。」

她用慌張的眼神望向身後，看了看雙手各拿著一杯咖啡走過來的知遊小姐，隨即慌忙地拍拍屁股起身。

「啊……抱歉，抱歉。」

她不停地低頭致歉，朝星巴克的反方向狂奔。向可愛的日本小姐撒了謊，並非我的本意，雖然有點歉疚，但反正這輩子不會再見面了。知遊小姐翻了個白眼說：

「受不了你。才多久時間就忍不住要搭訕女生了？」

「你亂說什麼，是那個女生來搭訕我。」

「智勳先生你啊，還真是全球通吃。」

一見到知遊小姐露出笑容的唇間那排整齊的牙齒，我才頓悟剛才莫名覺得那個日本女人臉蛋不對勁的原因，她的牙齒不整齊。知遊小姐兩手都拿著咖啡，於是將自己帶來的帽子夾在腋下，一頂針織的漁夫帽。或許是因為天氣熱才沒戴著吧？她一下把帽子拿在手上，一下又把帽子夾在腋下，帽子被壓得扁扁的。

「給我吧，帽子，我幫你收起來。」

我邊接下咖啡邊說。知遊小姐表示沒關係，放她的包包裡就好。但她的包包是個只有手掌大小的斜背包。

「怎麼可能放得下？你不戴的話，就給我吧。」

我從知遊小姐手中搶過帽子，邊把它收進自己的包包邊說：

「像我這麼紳士的人，難道連這點事都做不到嗎？」

就在我將帽子收進後背包的前袋時，託付柴犬給我們的老爺爺回來了。老爺爺用日語和知遊小姐多聊了幾句。與老爺爺對話的知遊小姐時而微笑，時而皺眉，時而仰頭大笑後，便將柴犬的牽繩交還給他。老爺爺離開後，我向知遊小姐詢問兩人的對話內容，她先是有些尷尬，隨後才開口說：

「他問我們有沒有孩子。」

「哈。」

我想起自己向日本女人撒的謊，心情莫名愉悅起來。

「那你說什麼？」

「我說沒有，更重要的是我們根本不是夫妻。」

「然後呢？」

我意識到自己在隱約期待著什麼，才會如此提問。

「他說：『如果結婚了，千萬不要生小孩，改養柴犬。』」

「看來他無論如何都要我們先結婚耶……」

「仔細想想，人的年紀越大，似乎越會只看自己想看的，聽自己想聽的。」

「沒錯。」

我又補上一句：

「昨天的內褲大叔也是這樣。」

「就是說啊，只顧著做自己想做的。」

我們拿著美式咖啡，坐在長椅上。知遊小姐的是熱美式，我的是冰美式。慢跑的人不時從我們面前經過，後方是不見兩端盡頭的遼闊大湖，踩著鴨子船的人們在湖面上徐徐往返，鴨子的頸上繫著五顏六色的領結。

「牠們長得和知遊小姐以前畫的鴨子一模一樣。」

「什麼鴨子？」

「咦……就是以前那個……畫在喜帖上的圖。知遊小姐不是說是你畫的嗎？」

遲疑片刻後，我小心翼翼地提起這件事。

「啊！那個。其實是我老公畫的。」

「那你為什麼要說是自己畫的？」

「如果說是我老公畫的，就……不知道為什麼會有點不好意思？」

意料之外的回答。我思考了一下後，開口問：

「那時，你知道我喜歡你嗎？」

「與其說是『清楚知道』，更偏向是『一點點』、『好像是』的程度吧。」

她邊說著這句話，邊用自己的白色球鞋踢了腳邊的石頭。我們沉默了好一陣子，只是以雙眼追逐著鴨子船。直到熱美式咖啡變涼，而冰美式咖啡的冰塊完全融化為止。搭乘鴨子船的人們看起來全是情侶，踩著踏板的他們，雙腳不停歇地嬉鬧著。

我們從大濠公園站搭地鐵到祇園站，前往東長寺。一離開地鐵站，便能望見遠處紅色高塔的頂端。知遊小姐向我說明，那就是我們要去的東長寺，寺內有全日本最大的木製佛像。我們並肩而行，有種已是戀人的感覺。在寺廟的入口處，只能看見佛像的腳，光看那腳的大小，就能推測出整尊佛像有多龐大。進入佛堂前，我們脫下鞋子。

正當知遊小姐因為脫鞋而搖搖晃晃地失去平衡之際，我伸出雙手穩住她的雙肩。知遊小姐轉頭看著我。我將掌心向上的手伸向知遊小姐，她自然地握住我的手，脫下另一隻腳上的鞋子。我好想在知遊小姐雪白滑嫩的手指上疊上自己的另一隻手。不過，現在還不是時候。

佛像比想像中來得更大，深古銅色的木頭刨成的粗糙形體，雖然不太精緻，但這麼做似乎才更適合其具壓倒性的尺寸。映入眼簾的是佛祖緊閉的嘴巴、龐大的耳朵、筆直的鼻子、細長的瞇眼，以及一圈圈捲髮。佛像太過巨大，讓人感覺越是往上，越是漆黑。然而，有一點倒是很奇特，明明只是一尊單純的佛像，卻連雙眼都能給人微妙的生動感。不是因為雙眼刻得格外細膩，甚至剛好相反，根本分不清何處是眼皮，何處是眼珠。即使如此，抬頭仰望佛像的雙眼時，彷彿能感受有人正從高處俯瞰自己似的。一片漆黑中，佛像烏黑透亮的眼珠像是在緩緩移動。我從佛像臉上收回目光，環顧寺廟周圍，只有我和知遊小姐兩人。她正在寺內一隅的香案上點蠟燭，隨後握起雙手，闔上雙眼。她是在想她的先生嗎？她的先生是誰？是個什麼樣的人？他們的關係如何？我全然不知。

知遊小姐結婚前，只要我和她在員工咖啡廳或大廳稍微閒聊，一定會被同事問：「你和那個女生是什麼關係？」每次聽到這句話，我總會感到莫名地滿足。當然也經常聽見別人說「以為你們是情侶」，我一邊說著「不是」，一邊卻也不積極否認，只是回覆一句：「我們比較熟而已。」當聽見有人說「你們很相配耶，試著示好看看嘛！」時，我也若無其事地說：「宋知遊小姐有男友了。」彷彿這是只有我知道的祕密一般，炫耀著她和我是能夠分享私生活的關係。知遊小姐的男友或先生，對我而言就只是具有這種用途的存在罷了。我並不特別嫉妒，因為我始終有一股莫名的自信，覺得自己才是更適合知遊小姐的人。

離開寺廟後，我們前往市中心。晚餐吃了牛腸火鍋，喝了啤酒。這是第二天的最後一個行程。我訂的飯店在博多站附近。我向知遊小姐表示自己不熟日本，請她帶我去飯店，她爽快答應。其實這只是藉口，這裡又不是荒郊野外，我怎麼可能找不到飯店。如果知遊小姐不是和妹妹同住，我無論如何都會送她回家。居然倒過來讓女人送我？雖然有點傷自尊，但為了實行B計畫，只能出此下策。這裡是日本，又是她比較熟悉的地方，她應該能體諒吧？抵達飯店後，我在知遊小姐的協助下完成入住手續，便在大廳與她正式道別，說著「下次回來首爾再見面」之類的話。

我搭上電梯，客房在七樓，必須趕快上去。為了黃金週的最後一夜而準備的計畫還沒結束，這是經過驗證、一次也沒失敗過的計畫。

送女人回到家門口，彬彬有禮地道別並告訴她「今天和你一起度過的時光很開心」，眼神絲毫不閃爍地送上一抹禮貌的微笑，以「我完全沒有想要碰你一根頭髮」的姿態，毫不遲疑地轉身離開。女人進門後會開始想，雖然沒有非要邀請對方進來，但萬一被看出渴望的眼神該怎麼辦？反覆苦思著：「是自己想太多了嗎？」而我就在這時再次按下門鈴，驚訝的她打開門問：「怎麼了？」「這個，本來要給你的，剛才忘了。」以幫忙收好隨身物品為理由，翻出早一步收在自己包包裡的女方物件：重要文件、墨鏡、圍巾，或者是帽子！接著顯露出與不久之前截然不同的神情，凝視女人的雙眼，在數完一、二、三之前，不分先後地吻上彼此的唇。

一進到客房，我開始翻找後背包。奇怪，沒有帽子。怎麼辦？必須有個東西才能拿去給她。找了一陣子，完全不見帽子的蹤影。我開始擔心，好不容易逮到的機會……雖然沒有帽子，我還是先撥了電話給知遊小姐。

「喂？」她接起電話。

我打開飯店窗戶，俯瞰她走到哪裡了，幸好她仍在看起來約有拇指大小的距離內。我雙眼緊跟著窗外的她，嘴唇湊近話筒說：

「知遊小姐，你的帽子。」

知遊小姐霎時有些驚訝，從包包裡拿出收好的帽子。她將帽子握在手中，大大地揮舞著高舉過頭的手臂，帽子猶如手帕般隨風飄動。她真是熱情，完全不知道我內心有多焦急……不對啊，她真的不知道嗎？事到如今，我已經完全不明白了。

「你什麼時候拿回去的？」

「我趁智勳先生去廁所的時候，從包包裡拿出來的。」

我不自覺地慌張起來，莫名其妙地生氣了：

「不是啊，你怎麼可以隨便打開別人的包包呢？」

「智勳先生，你想跟我上床嗎？」

我真是第一次遇到如此不按牌理出牌的女人。她接著說：

「老實說，你想跟我上床吧？」

「看來知遊小姐不想。」

「我……一半一半吧？」

還有這樣的。

「只是，不是現在。」

這樣也行？

「再怎麼說，有沒有想要上床的心意還是很重要。」

「那是什麼意思？到底……」

「就是說，是不是非上床不可，之類的。」

「嗯？」

「上了床又如何？上過床，一切還不是一樣？智勳先生不會不明白吧。」

我明白什麼、不明白什麼，你又知道了？這個女人為什麼如此確信？她接著說：

「所以，比起實際上過床或是沒上床，想跟對方上床的那份心意才是重要的。我是這麼想的。」

知遊小姐又開始像是參加《激辯一百分鐘》的討論者般說道：

「那份心意……我也曾經有過。我們錯過了同時擁有那份心意的時機。我覺得這樣就夠了。這不是什麼傷智勳先生自尊的事。」

真是奇怪的理論。我趕緊準備好應對的話：

「難道我是為了和知遊小姐上一次床才特地來這裡的嗎？哇……太傷人了。」

我匯集體內的所有真誠說道：

「只是為了上一次床？我是個不太遺憾什麼的人，不來這裡也無所謂，我根本不是為了這個目的而來。我今天不跟知遊小姐上床也沒關係，今天、明天、明年，都一樣。因為我不是想和知遊小姐上床，我是想和你交往。相信我，我可以等你回去韓國。反正都已經等那麼久了，有什麼好不能再等下去的？」

說著說著，委屈鬱悶的情緒，甚至讓我有些喘不過氣。

「你真的不知道嗎？我喜歡知遊小姐你啊！可以交往的女人，我都交往了，但是到目前為止，讓我感覺如此契合的女人，一個也沒有。不為其他，我就是因為這點而喜歡你的。」

我緊閉雙眼，低下頭，理順呼吸。我曾向任何人講過這種話嗎？雖然丟臉，卻是真心話。若非如此，我不可能偏偏要喜歡一個結過婚的女人。我睜開眼，眼前是自己的雙腳，腳趾頭不由自主地蜷縮著。

沉默片刻後，她開口問：

「你認為，我們很聊得來嗎？」

「對。」

「嗯……難道不是因為我很會聊天？」

什麼？我抬起頭，窗外拇指大小般的她早已消失無蹤，只剩下她的聲音在話筒裡迴盪。

「我要上計程車了。」

她深情地說：

「智勳先生，你是個既有能力又受歡迎的人，我一直都知道。事情處理得很好，工作也很體面，對吧？而且又帥，身材也超棒的。」

說著這些話的知遊小姐，微微地用鼻音笑了。她是在恥笑我嗎？瞬間覺得掃興。

「好女人多的是，你想和幾個交往都可以，不是嗎？」

彷彿在哄騙孩子般的口吻。或許正因如此，莫名的，我好像真的變成了一個孩子，糾纏著她「拜託一次就好」、「只要一次」。她哄著我，勸我快去休息。

「明天不是一大早就要搭飛機嗎？現在要趕快盥洗睡覺了。好嗎？」

詭異的道別，看似要結束又持續不斷。希望就此結束的人與無法就此結束的人，相互拉扯了一陣子之後，終於再也持續不下去，結束對話。世界上最死纏爛打的一通電話。我甚至哭了。這是最糟的狀況。我把手機摔在床上，握拳捶打桌子。瞬間，原本沒蓋上蓋子就放在桌上的礦泉水瓶滾落地面，礦泉水灑濕地上的後背包。我慌忙地拿起後背包，後背包的前袋拉鍊敞開。幹你娘的臭婊子，打開了就該關好啊……害我珍貴的黃金週變得一塌糊塗。我對於在知遊小姐面前哭泣一事感到委屈，再次落下眼淚。於是，就在眼淚的惡性循環中，沉沉入睡。

第三天

睜開眼時，是出境的三小時前。一睜開眼，昨晚的恥辱感就像債主般蜂擁而上。我無法呼吸。太過分了，真的太過分了，我到底為什麼要來這裡？

我將衣物胡亂塞進後背包，離開飯店。必須前往博多站搭乘機場線。我走向地鐵站，雙手插進牛仔外套的口袋，手裡摸到幾枚銅板，是再也不需要的錢。機票早已付款，以後也不會用到日幣了，暫時不會再來日本了。不，永遠都不想再來了。

走著走著，不知不覺間已經抵達博多站附近。地鐵站的出入口，有位坐在幾個髒兮兮的包袱之間的老奶奶正拿著紙杯行乞。她的身形非常瘦小，甚至可以說是乾癟。正好。我將口袋裡摸到的一整把日幣，統統投入老奶奶的紙杯裡，響起「噗通、噗通」的聲音。然而，投下銅板的那隻手，忽然變得濕答答。

「咦？」

老奶奶發出哀號，用一臉快哭出來的表情看著我。

太荒謬了。她的紙杯裡裝的是咖啡。我這才意識到她不是乞丐，而是正在喝咖啡的老奶奶。我的手被咖啡濺濕，黏糊糊地破壞了心情。就在我不知所措地遲疑著彎曲又伸直那隻黏糊糊的手指時，對面忽然有個彪形大漢吼著聽不懂的日語，朝我的方向走來。閃亮亮的光頭，鼻下與下巴蓄著濃密的鬍鬚，簡單來說，就是個長得很像黑社會的男人。究竟要吼出多宏亮的聲音，才能讓人距離如此遙遠都能清楚看見他額頭上迸出的青筋？那名男子究竟是誰？是老奶奶的兒子嗎？我聽不懂他在說什麼，心裡更害怕了。我抓緊後背包，急忙跑進地鐵站。

다소 낮음

偏低

張宇久違創作的曲子名為「冰箱歌」。起初，他並不是想要作曲，只是注視著站在泛黃的老舊大冰箱前的由美，腦中忽然浮現了這首旋律。由美正將從超市買回來的牛奶和雞蛋放進冰箱，張宇則坐在嘎吱作響的床上，時而撥弄吉他弦，時而敲擊琴身，哼唱著沒有歌詞的旋律。由美睜大圓滾滾的眼睛，轉身盯著張宇說：

「剛剛那首曲子是什麼？很好聽耶！」

聽完她的話，張宇若無其事地填上歌詞：

「冰箱，箱，箱，箱，箱，沒有故障。」

雖說是歌詞，這一句卻已是全部。由美仰頭哈哈大笑後，接著說：

「親愛的，這首歌超級厲害，有種讓人上癮的感覺。」

由美很快就學會冰箱歌，並跟著哼唱。隨後，她打開手機相機說：

「這種東西就是要在忘記之前記錄下來才行。」

一邊大呼小叫，一邊拿捏構圖，張宇按照由美的指示，盤腿坐在冰箱前。儘管從一大早就穿著睡衣的他心裡納悶「搞什麼啦？」，但是拗不過由美的堅持，只能按照指示動作。

「要拍囉，一、二。」

張宇按下吉他和弦，哼唱著冰箱歌。「冰箱，箱，箱，箱，箱，沒有故障。」這是首由G和弦與D和弦重複組成，中版節奏的曲子。張宇起初靦腆，也在錄了兩、三次後，開始不再在意鏡頭，全心投入音樂，自彈自唱。越唱，也漸漸越滿意這首歌。

隔天，由美將剪輯好的影片上傳到YouTube後，人氣瞬間爆發。眼看著留言從上百個變成上千、上萬個，觀看次數也突破三十萬次時，兩人目瞪口呆。恰逢旺季，因此接到了一些慶祝活動主辦方的聯繫。雖然不是主要表演，而是在售票亭旁的小小開場秀，卻已是從前無法想像的事。觀眾們跟著哼唱甚至沒有正式發行的冰箱歌，張宇自此成為弘大[1]的知名人士。甚至聽聞有人現在才開始尋找當年由張宇的樂團「白熾燈」推出，不多不少只賣出二十八張的第一張專輯來聽。一切都在意料之外。

*

由美本來很討厭這台冰箱，不喜歡它既老又舊，以及褪得黃黃黑黑的顏色，無時無刻發出的嗡嗡聲也很刺耳。再加上，它的效能很差。總是擔心食物放在冰箱會壞掉，由美時不時就把食物拿出來聞一聞。接著，一定會補上一句：

「必須丟了這該死的冰箱。」

聽見她這麼說，張宇總是如此答道：

「話雖如此，它還是我們唯一的冰箱啊。」

冰箱歌的成名，改變了由美的態度：

「可愛死了。」

一邊說著「這台冰箱是三十萬人看過的超級巨星」，一邊將冷藏

1 泛指首爾弘益大學周圍，年輕人聚集，充滿藝術氛圍。

區的隔板一一取出，用熱水和清潔劑仔細清洗。這是從未有過的事。

如果只談論這些，好像會覺得由美很庸俗，但她確實不是壞孩子，而且比任何人都更心軟。張宇曾向由美提起自己父親過世的事，聽完他的故事後，她就像是自己父親過世一般，瞬間哭得唏哩嘩啦。張宇一邊輕拍由美上下抖動的肩膀，一邊想著「或許她真的很愛我」。

這台冰箱，是張宇第一次到首爾獨自生活的那年，父親替他準備的。

「那個……家用品裡最貴的是什麼？」

面對這個聽起來像是腦筋急轉彎的問題，張宇沒有多想便回答了「冰箱」。冰箱隨即在隔天送達。那是現在生產公司都已經倒閉，消失在歷史中的產品。上層是冷凍，下層是冷藏，這是當時最常見的冰箱類型。即便如此，對於要放進丁點大的套房來說，還是太過巨大。父親原本打算藉此展現富貴氣息，反倒讓房子因為這點欲望而顯得寒酸。人生第一間套房，不到五坪的半地下室。一打開門，映入眼簾的即是一側牆邊孤伶伶的廚房，一移動目光，便能看見大大地占據半面牆的白色冰箱，彷彿這間房是為了保管冰箱才存在似的。

人生擁有的第一台冰箱，給人一種莫名的微妙感。一打開冰箱門，那種感覺更是加倍強烈。插好插頭，第一次打開空蕩蕩的冰箱時，張宇盯著裡面看了好久。雖然忘記究竟看了多久，但確實是一直定睛緊盯著它一段極長的時間，直到腦袋開始暈眩。冰箱內部比想像中來得好，既白又深的空間滿是橘光，不知是否因為如此，給人一種既冰冷又溫暖的感覺。甚至腦海還會浮現這種念頭：只要望著冰箱深處，好像就會被吸進另一個次元。從那時起，曾有一段時間，每當想起這件事時，張宇就會把頭塞進冰箱。至少那時冰箱還很涼，噪音也不大。

父親久病，五年前離世。聽說他直到臨終那刻，眼睛也只闔上一半。張宇沒有親眼目睹這一幕，而是在喪禮上聽見大人們語帶遺憾地談論時才知道。為了好好養大他這個第三代單傳獨子，父親賣地又賣牛送他到首爾讀大學，結果兒子竟然說要彈吉他、做音樂，過乞丐般的生活。父親因此得了火病[2]，最後死不瞑目。這些話說得沒錯。父親因為張宇，才感受到何謂幸福。然而，父親定義的幸福，和張宇的幸福卻不相同。這正是矛盾的起源。父親終究無法理解張宇為什麼不像其他人一樣好好從大學畢業，投身職場。當然，張宇也不曾為了說服父親而努力。後來他曾思考自己為什麼不願意努力，或許是因為父親對音樂一竅不通，於是他才做出「不可能說服父親」的判斷。出殯期間，張宇不斷想著關於父親已經不存在世上一事。死亡了，不存在這裡，代表他存在其他地方嗎？他去了什麼地方？雖然不知道是哪裡，但想必是有著約翰．藍儂和佛萊迪．墨裘瑞的地方吧。不過，就算父親見到他們，應該也不知道他們是誰。

觀看次數：391,284 次　我喜歡 30,000　我不喜歡 163

某經紀公司打電話來，表示想和張宇簽約。「Swift Sound」，雖然不是大型經紀公司，但已經是張宇聽過名字的知名公司。這間公司憑著兩位獨立歌手而聞名，近來似乎開始投資弘大的在地音樂人。張宇有些摸不著頭緒，只顧著點頭，匆匆約好時間後便掛上電話。一直緊貼著話筒偷聽的由美，在通話尚未完全結束前，就開口說：

「你父親應該親眼看看這一切再走的！」

她啜泣了一陣子後，忽然板起臉孔，伸出攤開的手掌。

「電話給我一下。」

由美打了通電話給經紀公司，確認不是詐騙，以及如果確定簽約會先支付百分之多少的簽約金之類的問題後，才掛斷電話。接著，一臉悲壯地說：

「等了這麼久，終於苦盡甘來了。這個世界終於開始看見天才了。」

由美強忍著淚水，吻上張宇的唇。張宇單手迅速解開由美的內衣。

奇怪的是，張宇在做愛期間一直想起和由美第一次上床的那天。

2 韓國特有的文化症候群，大多因日常累積的煩惱無處發洩，而出現胸悶、頭痛、焦慮、失眠等症狀，一種精神疾病。

由美是多數人連名字都不知道的樂團「白熾燈」屈指可數的歌迷之一。無名樂團平日在夜店的表演總是冷清，約略十多名觀眾，每天有些變動。其中卻有張從來不曾缺席，一定會看到的臉孔──正是由美。觀眾人數從五名，變成兩名，最後剩下一名。只剩下由美的那天，兩人單獨續攤。由美乾掉第一杯酒後說：

「我超級喜歡彈吉他的男人。」

搶在張宇開口詢問之前，由美先一步拋出「你知道為什麼嗎？」的疑問，自顧自地回答。專注演奏吉他的男人，臉部表情和男人達到高潮時的表情一模一樣。因此，每次看完表演後，她都會產生無異於與那個男人水乳交融的滿足感。聽完這番話，張宇強烈確信自己能和由美上床。直到後來他才知道，由美那天是故意要刺激他，早就擬好那段台詞赴約。

今天和那天一樣，與由美的性事始終令人滿意。和Swift Sound通話後，由美似乎變得更興奮了，儘管當她說出「我現在是在和搖滾巨星做愛嗎？」時，讓張宇有些不知所措。完事後，由美先注視著天花板咧嘴而笑，又很快地換成趴姿，托起下巴。隨後，開始一一唱名Swift Sound旗下的歌手。其中有張宇知道的人，也有他不知道的。

「親愛的，以後電台會常常播你的歌，搞不好你還會成為廣播節目的嘉賓，所以要練習一下說話技巧。等你的歌被電視劇或廣告用上的時候，就是你真的紅了。所以說啊，你也要先寫一些曲風柔和的歌。等到再成功一點，就可以去《柳SK》[3]了。」

聽到這句話的張宇反問：

「《柳SK》？不是《Su SK》[4]嗎？」

由美淘氣地打了張宇的肩膀一下，說：

「《柳喜烈的寫生簿》，《柳SK》。親愛的，你已經是藝術家了，當然不必再參加選秀節目啦！參加《柳SK》才對。」

3 韓國電視台MBC播出的專業音樂節目《柳喜烈的寫生簿》的簡稱，由知名音樂人柳喜烈主持。

4 韓國電視台Mnet播出的選秀節目《SUPER STAR K》的簡稱。不僅是家喻戶曉的節目，更被譽為韓國史上最成功的音樂選秀節目。

儘管簽約還八字沒一撇，自顧自地賦予自己「經紀人」身分的由美，已經開始擅自拒絕小型夜店的表演洽談，並提出「就算是大型夜店，如果是平日而不是週末的話，也不去表演」。由美自顧自地說著，等到張宇參加過《柳SK》後，就只剩下擔任國際搖滾音樂節開場嘉賓一事，一言一行都仗勢著已然化身搖滾巨星的張宇。至於張宇，其實比任何人都更喜歡平日在與由美相遇的那種夜店表演。台下觀眾近乎爆滿當然很好，但是看著觀眾各自站在自己想站的位置進行表演，更是別具魅力。將自己的演奏與歌唱以更高的密度附著於觀眾身上，望著他們以頭部、肩膀、手指隨著節奏細微舞動，張宇很喜歡在舞台上細細地注視這一切。由美成為最後一名觀眾的那天，他同樣一直注視著她腳踝張狂地律動，迎合拍子的模樣。張宇忽然覺得此刻由美露出棉被外的腳踝變得好陌生。

觀看次數：501,043次　我喜歡48,000　我不喜歡316

張宇在弘大某間咖啡廳與Swift Sound的負責人見面。對方是經常穿梭於弘大附近的熟悉臉孔，當然也要歸功於他只要見過一次就絕對忘不了的奇特形象。驚人的體型，以橡皮筋紮得緊緊的短髮，相對於體型而顯得太過微小的辮子，讓張宇不自覺地噗哧一笑。或許是因為肥胖，或許是因為有錢，又或許是因為本名的最後一個字是「錢」，人們總稱他為「錢老闆」。張宇想起很久以前，音樂人開始聚集在弘大前廣場活動的草創時期，錢老闆便是當時某重金屬樂團的鼓手。聽說他那時還很纖瘦。這是不久前張宇才從由美口中得知的故事。認出錢老闆後，張宇趕緊點頭致意，錢老闆則是誇張地調侃著：

「YouTube巨星，歡迎歡迎。」

一副和張宇很熟識似的，錢老闆搭著他的肩膀說：

「距離你發行第一張專輯已經好久了，我真的好喜歡那張專輯的第三首歌。」

錢老闆關心著過去這段期間張宇都在做些什麼，不但裝熟地說著：「早就說了要成為網路明星嘛！」甚至索性放聲大唱：

「冰箱，箱，箱，箱，箱，沒有故障。呵呵呵。」

稱讚了冰箱歌好一陣子。等到喝光一整杯冰咖啡後，才開始壓低聲音談論簽約條件。錢老闆想要的東西只有一樣——即刻發行冰箱歌的數位單曲。錄音室已經準備好了，必須趕在冰箱歌的人氣冷卻前，將這首歌的收益極大化。接著再用這些收益來製作第二張專輯，並發行第一張專輯的數位修復版。

對於錢老闆的提議，張宇顯得不太樂意。冰箱歌只是一首玩笑似的曲子，任何人都能做出那樣的旋律，隨處可見，甚至連和弦的編排都是他原封不動地借用了晨間廣播節目中出現過的流行歌片段。張宇認為，冰箱歌只是因為滑稽的歌詞與粗糙的 YouTube 影片才成名。再加上，他至今依然是以「專輯」為單位在聽音樂，對他而言，專輯是從第一首歌到最後一首有系統地結合且富有生命的一個作品。甚至到了現在，張宇的包包裡還會隨身攜帶 CD 隨身聽，儘管他當然比較常用手機聽音樂。而且這種時候，他絕對會不假思索地下載整張專輯，他覺得這才是對音樂人的尊敬。數位單曲，就像是讀一本書卻只撕下自己喜歡的幾頁一樣詭異。張宇醞釀片刻後，開口說：

「我恐怕沒辦法那樣做。我到現在還是無法接受只聽一首歌，而且還是只聽數位版或是只在串流媒體上聽。」

隨後，邊撓著後腦勺邊補上一句：

「再加上，冰箱歌不是為了發行單曲而做的歌，只是搞笑而已。」

對此感到意外的錢老闆顯然有些難堪。

「不是啊，冰箱歌怎麼了嗎？這歌多好啊，是一首很棒的曲子！」

稍微猶豫後，錢老闆彷彿下了很大的決心似的，放低姿態並以真誠的聲音說：

「如果一定要出CD的話，我可以幫你壓製，不要壓製太多就好。」

錢老闆表示，沒有辦法壓製到一百張，但可以發行只收錄一首冰箱歌的CD。最後還補上一句「現在哪有人會一口氣聽整張專輯？」，接著又說「現在無論流行什麼都是一瞬間的事」、「不管冰箱歌人氣多旺，很快就會被遺忘」。搶在過氣之前趕快回收利潤，才是重點。

「唉呀，觀看次數破五十萬算什麼？要到五百萬、五千萬才對嘛！」

錢老闆將杯子裡剩下的冰塊一口氣倒進嘴裡，嚼得咯咯作響。

「你這個人……要好好想一想啊，現在的流行就只是一瞬間。一瞬間。一首歌。在這個充滿誘惑的世界，如果想在三分鐘內擄獲人們的耳朵和心，這樣就夠了，這已經是最好的了。」

張宇垂下眼，扭扭捏捏地說：

「所以說啊……冰箱歌就只適用YouTube而已。那裡的聽眾喜歡，當然就覺得那樣就夠了。而且，我從剛才就一直告訴您，完整的專輯才是我心中真正的音樂。老闆您也玩過樂團，一定很清楚歌曲和歌曲之間存在所謂的起承轉合，存在著故事，對吧？」

就在這個重要關頭，張宇稍稍抬頭瞟了錢老闆一眼，接著說：

「如果只有一首歌，該怎麼說呢……就像是看音樂劇，卻從中場休息後才入場。也不會有人只把小說第二章撕下來帶走啊。」

錢老闆嘆了口氣，表示自己有生以來第一次遇到如此不知變通的人。張宇留下一句「我會再想一想」，便離開咖啡廳。

由美無法理解張宇為什麼兩手空空回來。既然能夠簽約，又承諾會幫他出專輯，為什麼要拒絕？張宇喃喃自語地說：

「我不是說了嗎？對方要求用冰箱歌發行數位單曲……」

由美苦笑一聲後，怒視著張宇說：

「有人叫你不要再做音樂嗎？有人要你放棄音樂，去當上班族嗎？沒有嘛！可以做自己喜歡的音樂，還可以發行專輯啊！」

由美漸漸提高分貝。張宇怯懦地說：

「冰箱歌只是好玩才做的啊，又不是我追求的音樂。用真正完整的曲目發行第二張專輯，才是我的夢想。」

搶在張宇說完這句話之前，由美猛力打了他的背一下，大喊著要他立刻打電話給錢老闆，再次和對方約時間見面。

觀看次數：1,002,638 次　我喜歡 110,000　我不喜歡 491

再次見面時，錢老闆把雙手放在咖啡廳的桌子上，挺直腰桿端正坐好。頭髮似乎也在這陣子留長了一些，沒有一根亂翹的髮絲，俐落梳綁著。一副像是已經做出決定的樣子。

「我幫你發行第二張專輯。這有什麼困難的？做就是了。」

錢老闆拋出「先發行專輯」的提議。張宇以手梳了梳後腦勺的髮絲後，淺淺微笑。這時，錢老闆拍了一下膝蓋，開口道：

「但是，現在就要！」

他詢問張宇手上是否已經有可以收錄專輯的曲子。張宇難為情地回答：

「還沒……我寫歌要花滿長的時間。目前大概有三、四首。」

錢老闆的雙眼閃閃發亮。

「是嗎？至少還要再三、四首才行。你可以馬上寫嗎？像冰箱歌那樣的一、兩首，剩下的就用能湊數量的歌就好。你需要多久時間？」

張宇很不喜歡「湊數量」這個說法。

「沒辦法馬上。」

咄咄逼人的錢老闆追問：

「那需要多久？一、兩個月可以嗎？」

張宇面露難色。

「一、兩個月？怎麼可能……至少也要超過一年。」

錢老闆緩緩靠上椅背，拿出一根菸叼在嘴上，點火。他邊吐著煙圈，邊萬念俱灰地說：

「看來這位朋友真的是涉世未深啊，你知道和我一起工作的人，都是些什麼人物嗎？」

張宇當然不知道，只能沉默。錢老闆一一唱名音樂節的主辦人、廣播節目製作人、知名音樂網站負責人等，多數都是張宇第一次聽到的名字。錢老闆接著又說張宇只要在他底下認真打拚，絕對可以成功。不知為何，張宇的心情變得很差。

「我不想認真打拚，也不想要成功。」

錢老闆收回原本投在張宇身上的視線，放聲大笑。

「性格這麼糟，音樂一定能做得很好。真是太可惜了。」

語畢，在菸灰缸裡揉熄手中的菸。

回家的路，感覺異常遙遠。張宇一想到由美的反應，頭已經開始隱隱作痛。他一路從弘大入口途經上水，漫無目的地走向望遠。盛夏正午的烈日，不偏不倚地直射頭頂。汗流浹背……好遠……我以前也住過這裡。當音樂人將弘大打造成「青春大道」之後，弘大的地價也在轉眼間飆漲。真正讓弘大變成現在的弘大的音樂人，扣除成功的少數外，紛紛都因為房租上漲被迫離開上水。而地鐵站蓋好後，上水的地價也跟著水漲船高，張宇和朋友們繼續被趕往望遠、城山。

到家後，張宇第一眼看見的畫面，是站在大大敞開的冰箱前，由美小小的背。由美拿出冰箱裡的食物，又開始一一嗅聞。

「這個好像壞了。該死的冰箱，一點都不冷。」

完全沒有察覺到張宇回家了，由美喃喃自語著。張宇告訴她簽約失敗。由美使勁地關上冰箱的門，說：

「你到底為什麼要那樣活著？」

她的眼皮開始微微顫動。

「喂！我還以為你多少有點想法，想要成功。」

語畢，她闔上雙眼，深呼吸數次後，再次怒視著張宇說：

「拜託你的人生活得有點效率吧！至少，像別人一樣！」

隨後拿起電費繳費通知單，歇斯底里地晃動著。

「不管怎樣你現在就給我做點什麼！電費已經遲繳兩個月了！」

由美猛力踹了冰箱一腳，原本嗡嗡作響的噪音瞬間停止。靜默一陣子後，冰箱又開始發出銳利而響亮的嗡嗡聲。由美握著皺巴巴的電費繳費通知單，邊嚎啕大哭，邊將身體埋進床裡。張宇無法靠近她半步，只能在地上鋪張毯子，躺下。由美的啜泣聲與冰箱的震動，微弱地透過地板傳開。

觀看次數：1,013,574次　我喜歡110,000　我不喜歡651

YouTube的觀看次數已經連續幾天都停在相同的數字，沒有增加。外出兼職吉他課的張宇在回家的途中，路過經常往返的巷弄時，頓時感覺一道目光注視著他。張宇轉頭望去，與兩顆渾黑的眼珠對視，那是一隻獸醫院櫥窗裡的小狗。一身潔白的捲毛，臉部周圍的毛修剪得圓滾滾，宛如一團圓圓的棉花糖。張宇一靠近，小狗立刻高舉前腳靠在玻璃上站起身，脹鼓鼓的肚臍凸了出來，彷彿重遇分別許久的主人一般，目不轉睛地看著張宇，瘋狂搖動尾巴。

那隻小狗是因為認識我才這麼高興嗎？即使無法得知語言不通的動物的心意，卻莫名有種「那隻狗極度渴望自己」的確信。如果不是，不可能有那種眼神，那種不在乎任何條件，「單純喜歡你這個人」的那種眼神。張宇無意識地走進獸醫院。小狗比想像中來得貴。法國的昂貴品種，現正以優惠價格出售中。張宇的褲子後口袋裡插著恰好是兩個月份吉他課收入的信封袋。

電費只是遲繳，又不會被斷電，慢慢繳清不就好了？只要在被斷電前繳納，不就一切如常嗎？由美說她這個月底會收到之前咖啡廳積欠的月薪，到時再繳也沒關係吧？張宇原封不動地交出插在後口袋的信封袋，買下了小狗。這是無可奈何的事，這是本來就非做不可的事。被懷抱著回家的小狗，一直凝視著張宇，不停地舔他的胸口。小狗嘴角的模樣非常美麗。張宇替牠取名為「小麥」。

由美再也不哭了。她來回看著吉他袋像尖角一樣從頭後方竄出的張宇，以及他懷中抱著的白狗小麥後，雙腳癱軟跌坐在床上。

「你瘋了。」

她微微地左右搖頭，困惑不安地掃視房間地板。

「電費已經遲繳了，哪有人還會花光薪水買一隻狗回來？為什麼你總是挑些沒用的事做？你變了，我再也無法忍耐了。」

由美猛地起身，朝衣櫃的方向走去，一把抓住櫃身胡亂搖晃。原本放在櫃頂的行李箱砰的一聲摔落地面。這是她第一次來張宇家時，一起帶來的行李箱。由美將伸手能及的衣服和生活用品統統塞進行李箱後，牢牢拉上拉鍊。接著，分別瞪了張宇和冰箱一眼後，轉身用力關上大門離開。張宇環顧由美離開後的房子，恐懼油然而生。他緊緊抱住小麥，手指深深埋進牠蓬鬆的毛髮，感覺溫暖而柔軟。

張宇後來才知道，小麥是比熊犬，不僅是法國貴族常養的品種，也以其擅於交際、對主人服從性高的特點聞名，身價居高不下。再加上，為了維持特有的圓滾滾模樣，必須投入大量的美容費用修剪毛髮。樂團朋友們對張宇開玩笑道：

「狗是貴族有什麼用?主人可是弘大的超級貧民!」

「拜託先修一修自己的頭髮吧。」

蓬亂的頭髮加上乾瘦的身形，還揹著破爛不堪的吉他袋，卻帶著修剪得圓滾滾的小麥，任誰看見這個畫面都會覺得很不自然。甚至還傳聞張宇就算只吃泡麵，也要買有機零食給小麥吃。大家紛紛在背後議論「只有由美在，張宇才活得像個人」、「由美離開後，張宇整個人就像發瘋一樣」。

張宇開始寫新歌，一些不知何時才能收錄進第二張專輯的曲目。歌曲完成時，他會讓小麥聽。小麥只要一聽見張宇的吉他伴奏聲，便會在原地搖著尾巴繞圈圈，有時也會仰頭像狼一樣嚎叫。這些時候，小麥一定會與張宇對視。替小麥修剪好棉花糖般的毛髮後，牠喘著氣緊盯著張宇的模樣，總能令他感到愉快。無法溝通的動物，用以取代言語的那種信任眼神，深得張宇的心，彷彿得到「你什麼都不用擔心」的慰藉。

大約在小麥開始適應這個家，也學會在適當的地方大小便之際，張宇從音樂著作權協會收到了一筆三萬多元的轉帳。原來是第一張專輯的歌曲播放次數，總算達到了二七一四九次。這是一筆版權費。比起三萬次這個數字，二七一四九次來得更像樣。他的音樂人生最熱門之作。張宇領出三萬元現金，收進白色信封，像是符咒般放在包包深處隨身攜帶。不知為何，他始終覺得這筆錢不能隨便花掉。

當天凌晨，向來不太響的張宇手機，接到一通未知號碼的來電。起初他沒有想過可能是由美，因為距離她離開已經過了很長一段時間。話筒另一端很安靜，但一聽呼吸聲就知道是她。他說了聲「由美啊」，由美便答了個「嗯」，比從前無精打采許多的聲音。張宇問她現在住在哪裡，由美表示目前待在日山的姊姊家。

「原來如此，幸好。」

「幸好？」

由美微微提高音量，但很快又恢復沉穩的語調。由美各方面都平靜不少，透露出想要回來的意思，同時也說當時自己有點反應過度了。這是平常幾乎不可能在由美身上看見的態度。

張宇曾經無數次期盼由美回來，但隨著時間過去，對她的情感似乎和從前不一樣了。想要重新開始的念頭依然存在，然而莫名地，卻已經無法想像由美在這個家裡睡覺、吃飯，那些再自然不過的日常。更重要的是，他不想要改變那團毛球在家裡跑來跑去、無論丟多少次球都會去咬回來的景象。儘管由美展現出只要張宇開口就會立刻回來的低姿態，他始終沒有說出「回來吧」。

觀看次數：98 次　我喜歡 12　我不喜歡 26

張宇太滿意新寫好的曲子，久違地和樂團約好要練團。那天，正當他準備前往練團室，在玄關穿鞋時，小麥竟然開始嘔吐。雖然之前也發生過類似的情況，但連續嘔吐卻是第一次，和平常不太一樣。小麥原本黑得發亮的眼珠開始失焦，毛髮也扁塌得不見光澤。張宇將牠託付給上水站附近的獸醫院後，前往練團室。練團期間一直掛念著小麥，不只老是彈錯吉他，還不斷走音，最後只能被迫中斷練習。張宇拿出手機，螢幕顯示數通未接來電與一封訊息——小麥的狀況變嚴重了。當他愣愣地看著不可置信的訊息之際，又接到一通來電。

獸醫師表示小麥應該很久之前就出現過疝氣的症狀，責備張宇為什麼遲遲沒帶牠來看病。再加上小麥目前的免疫系統已經敗壞，無法發揮正常功能，紅血球也併發貧血的問題。完全聽不懂醫師在說什麼，張宇反問：

「所以現在的問題是疝氣，還是貧血？」

「兩者都是。」

獸醫師無奈地說，並表示小麥暫時無法回家，必須住院治療。觀察小麥的詳細狀況後，獸醫師認為牠需要進行手術，手術後仍需繼續住院。計算了一下手術費與住院費，約略等於張宇四個月份的吉他課收入。

張宇相當清楚，自己一時半刻絕對弄不到這麼多錢，自己的帳戶和朋友的信用都已見底，再怎麼努力也湊不出半點錢。即便如此，一想起自己從小麥身上得到的一切，便不可能坐視不管。是小麥救活了自己，自己也要救活小麥才行。除了死，他什麼都願意做。張宇拿出從錢老闆手上收下的名片。

Swift Sound位於弘大最繁榮的地方，大廳貼著旗下歌手的演唱會海報，上頭寫著獎忠體育館R席十三萬九千元、S席九萬九千元。張宇在腦海中將十三萬九千乘以一百席，九萬九千乘以三百席，再努力地將兩個數字加總。此時，身後傳來一個熟悉的聲音：

「這是誰啊，我們的藝術家大師。」

錢老闆走近，向他打招呼。

等候期間一直緊咬著牙關，下顎關節很痛，張宇開口說：

「關於簽約的事……」

再也說不下去，他略顯遲疑時，錢老闆即刻反問一句：「什麼？」

張宇於是接著說：

「我想問問現在是否還能簽約……」

錢老闆忽然放聲大笑，搭著張宇的肩膀，輕拍了兩、三下。

「最近我們栽培的孩子比較多，所以有點困難。等我有餘力的時候，再跟你聯絡。」

最後又補上一句：

「這位朋友似乎不太懂得把握時機。」

毫無斬獲便回家的途中，張宇用手機打開YouTube。最新一則留言是一星期前，觀看次數如常停在一百多萬次。一回家，他立刻翻出五線譜，拿起吉他。儘管不想做，但是必須做。他在五線譜的名稱欄位寫上「冰箱歌第二彈」。東張西望了一陣子後，他的目光停留在陽台的洗衣機上。

「我只是普通的洗衣機。體型比滾筒洗衣機大，又比滾筒洗衣機吃更多水的普通洗衣機。」

張宇將自拍影片命名為「洗衣機歌」後，上傳到YouTube。

按了一整天的重新整理鍵，確認影片的觀看次數，始終沒有破百，也沒有任何留言。直到第四天，才彈出有一則新留言的通知。張宇急忙按下連結網址。

喔，很普通耶。

「什麼？」就在張宇準備回覆留言的瞬間，手機響起了來自獸醫院的電話。

小麥趴在手術台上，失焦的瞳孔與張宇對視，接近淺灰色的瞳孔。

「醫師，牠還沒死。」

獸醫師說：

「牠已經死了。」

張宇反問：

「牠還張著眼睛啊……」

獸醫師邊處理小麥的屍體邊說：

「除了人之外，沒有任何動物會閉上眼睛死去。很多人都會因此嚇到。」

早已不只見過這種場面一、兩次，獸醫師接著以公事公辦的語氣問：

「您想要的話，我可以幫牠把眼睛縫合。您希望怎麼處理？」

張宇猶豫片刻後說：

「好，就那麼做。」

獸醫師冷冰冰地說：

「費用是三萬元。」

張宇拿出收在包包深處，裝著三萬元的白色信封袋。獸醫師以熟練的手法縫合小麥的眼皮，他的手經過的每一處，都留下了針腳。小麥闔上雙眼。直到此時，小麥看起來才顯得安詳。

＊

星期五晚上的弘大，依然瀰漫著人們為享樂而來的激情。抱著裝有小麥遺體的盒子走在絢麗的街道上，張宇覺得自己似乎成為懷抱世界一切祕密的人一般。他打算明天將小麥的遺體帶往郊區某處埋葬。可是，葬在哪裡好呢？張宇不斷思考，除了葬著父親的故鄉祖墳之外，想不到其他地方。如果把小麥葬在旁邊，父親勢必會氣急敗壞，一想到此，他忍不住噗哧一笑。小麥一無所知地闔眼沉睡，而父親大概會瞪大雙眼，大發雷霆。

父親是否至今仍未闔上雙眼呢？由美以前常說想要一起去父親下葬的地方。心想「死後才和解又有什麼用」而一次次拒絕的自己，現在莫名地浮現了想去的念頭。張宇好奇由美過得好不好，透過使用同間練團室的其他樂團貝斯手口中，得知由美在自家品牌的宣傳組任職。張宇撥了通電話給由美。漫長的電話鈴響埋沒在街道流淌的樂聲之中，無法聽清楚，由美終究沒有接起電話。

抵達家門，張宇打開大門，只有冰箱發出既低又長的噪音充滿屋內。此刻，沒有父親，沒有由美，沒有小麥。窗戶向北的套房，採光不佳。張宇放下沉重的吉他，緩步走向廚房。打開冰箱門，橘光往腳背的方向傾瀉而下。好耀眼。張宇似乎明白了冰箱耗電的原因。相較於製冷的功能，這台冰箱的照明倒是優秀得沒話說。在一片漆黑的屋內，橘光映滿整個空間，甚至亮得令人感到刺眼。

放任冰箱門敞開，張宇在它前方躺下。再怎麼說那也是台冰箱，仍能感覺到冰涼的氣息。他動也不動地躺臥一段時間後，倒也覺得涼爽。儘管不太滿意，但那就只是台冰箱。張宇心想，是啊，這種程度就夠了。冰箱的震動沿著後腦勺和背部傳來，嗡嗡作響的聲音與張宇的心跳交會，形成規律的節奏。終於感覺自己平安無事地返回應有的位置，張宇的心緒這才終於平靜下來。他靜靜仰望冰箱的門，上面貼著一張扇形的能源效率分級貼紙。張宇的冰箱是第四級：偏低。

＊本篇命名源自樂團「Eastern Sidekick」第一張專輯的同名曲目，並以歌詞「一側牆邊孤伶伶的廚房」作為小說的構想。與小說中提及之樂團無關。

도움의 손길

援手

踮起腳尖，伸長手臂，以食指拂過書櫃上緣，一塵不染。再拂過抽屜的手把，非常乾淨。不夠謹慎的話，沒辦法打理好這個地方。我離開書房，確認更衣間的門沒有打開，才走進浴室。浴缸和洗手台的水龍頭，猶如全新似的閃閃發亮。我彎下腰，伸出手指使勁搓抹浴缸底部，發出「嘎吱——」的聲響。啊，這次真令人滿意。過去一個月間的煩惱全部消失無蹤的剎那，傳來更衣間的門打開的聲音。我趕緊衝出去，站在玄關假裝在看手機。打掃阿姨換好衣服走出來，問我：

「怎麼樣？要我繼續做嗎？」

她低頭看著自己的外套袖口，邊扣釦子，邊若無其事地說。然而，任誰看了都能察覺她身上隱約散發出做事完美之人的自信。

*

「該不該請家務助理？」這個猶豫在我們搬進這個家之後，有了答案。這是我們夫妻第四次搬家，也是結婚七年來第一次擁有我們名下的房產。過去幾年，在煉油公司工作的老公，以及在百貨公司工作的我，一步一腳印地踏實晉升。不僅比別人早一步升上經理，每年也都獲得高額獎金，終於得以買下位於新市鎮的二十八坪公寓。雖然才落成不到五年，已經算乾淨整潔，我們還是打算以我們的喜好重新裝潢。以前租屋時，再怎麼盡力點綴自己的喜好，終究有限制。頂多只能在陽台鋪些組合式磁磚，或是使用廚房貼膜翻新流理台之類的，有時房東連這種程度的改變都不允許。

這次不一樣，即使要付貸款，但屋主是我，可以隨心所欲。首先，我們和室內設計公司簽約，與專家一起測量公寓尺寸後，繪製3D圖。每天下班後，我和老公一邊檢視設計圖，一邊模擬壁紙的顏色、客廳地板的材質和設計等細節。地板的部分，決定使用以前就一直想要的魚骨紋風格。儘管設計師不建議小坪數的房子採用魚骨紋，我依然堅持。輔助方案是在壁紙和裝飾線條上使用白色，讓房子看起來寬敞一些。至於家具則只選擇米白色與灰色的組合，營造一致性。就連一塊磁磚，也全都要依照我的想法決定形狀、顏色、大小與材質。身為百貨公司家居用品的採購員，早已使我的眼光變得極高。我清楚何謂「真材實料」。新家裡，沒有一樣東西是隨便的。臥室的照明，是我花了幾天時間看遍國外網站才總算挑中的產品。

搬進來後，有一段時間我都睡不好。房子是我的，房裡的一切也都是我挑選的，卻只有住在這樣的房子裡一事，反倒感覺不像是我的。每當閉上眼，總有一股詭異的不安感壓得我心跳加速，就算睡著了，也很容易醒過來。這種時候，我會安靜地起身，關上臥室的門，走向客廳。接著，宛如初次來到這個地方一般，以客人的視角環顧房子。輕輕撫弄以金色畫龍點睛的房門手把與線條俐落的流理台水龍頭後，再將透過三個夾層滲出隱約光線的Louis Poulsen吊燈關閉又開啟，一一審視自己費心盡力挑選的一切後，才能安心入睡。

相較於過去住過的房子，新家沒有大多少。即便如此，打掃時依然經常覺得麻煩。奇妙的是，僅僅兩坪的差異，卻老是感覺無論廚房、臥室、客廳都比以前稍微寬敞一些。因此，也要多花心力整理。家裡一切都是新的，渴望維持這份整潔的心也變得加倍敏感。結束加班回家後，等待著工作得更晚的老公回家的那天，望見考慮許久才選定的浴室磁磚，縫隙已經開始積垢時，我突然好希望有個家務助理。只是，真的要找人時，心裡又不免有些不樂意。一方面覺得自己生活的空間理應自己好好打理，更重要的是，對於要站在使喚別人的位置一事，我感到既不自在也不喜歡。

改變心意的轉捩點，是在聽了熟識的同事的話之後。原來有不少差不多職級的同事都在聘請家務助理，而且聘請過的人都異口同聲地推薦。畢竟雙薪家庭想要維持家裡整潔並非易事，而且似乎只要試過一次，就會後悔為什麼不早點雇用家務助理。同事說，家務助理以專業的手法打掃房子，絕不會讓人覺得浪費錢。我被「專業手法」一詞說服了。一想到能有專家協助，莫名感到謙卑。當天，我便帶著仲介業者的電話回家。

「不如我們請個家務助理吧？」

內心做出決定後，我詢問老公的意見，他立刻喜出望外地表示贊成。與其因為我極度重視乾淨的個性而老是被嘮叨「做這個」、「做那個」、「重做一次」，對他來說，倒不如花錢請人比較輕鬆。預約好家務助理清掃的前一天，原本正準備將碗盤放入洗碗機的老公，忽然停下手邊動作問：

「你說歐巴桑明天就會來，對吧？」

「嗯。」

我其實不太喜歡「歐巴桑」這個說法。

「那麼碗不要洗了，擺著就好？反正她第一次來，看看她怎麼處理。」

「你認真的嗎？」

老公愣愣地望著我。我嘆口氣說：

「不要這樣。又不是買新的洗碗機，是請人來耶。」

「我說錯話了嗎？」老公有些難為情。

「還有，不要老是『歐巴桑、歐巴桑』的，稱呼一聲『助理阿姨』吧。人家是來幫忙我們的人。」

不知是否因為難堪，老公不再計較，只是默默將碗盤放入洗碗機後，按下電源鍵。

現在這位阿姨，是我透過仲介業者請來的第四位家務助理。之前來過三位不同的助理阿姨，各自都幫我們家打掃過一次。服務一次後，如果雇主滿意就能固定過來，但始終沒有遇到滿意的，只好一直請新的阿姨。助理阿姨一抵達家裡，第一步是先換一套衣服，統一訂製的服裝。滿是污損的寬鬆花褲，搭配領口鬆弛的T恤。換好衣服後，阿姨會先詢問清潔用品的擺放位置，以及哪些地方需要特別費心等，接著便開始打掃房子的裡裡外外，一次四小時。

讓家務助理來家裡打掃這件事，比想像中來得麻煩。儘管我只是窩在書房緊盯著筆電，心情卻相當複雜。讓一個上了年紀，而且還是初次見面的阿姨在家裡汗流浹背地清潔自己一切日常用品，實在很難令人欣然接受。再加上，還要擔心她是否充分清潔乾淨、是否會失手弄髒或弄壞我費心挑選的家具或設計等，令我坐立難安。我總趁助理阿姨結束清潔後去換衣服的這段時間，把手伸進衣櫃底下，或者摸一摸抽屜手把的上緣。免不了有些失望，無一達到我的標準。每週聘請新的家務助理過來很消磨心力，已經花掉我多達三次的平日休假，忽然開始不懂為何要花錢買壓力，甚至陷入自責。

我對第四位阿姨的第一印象並不好。原因在於，當我一說出「您可以不用洗碗，家裡有洗碗機」時，她立刻輕拍我的前臂說：

「夫人，就是要親手把碗盤洗得嘎吱嘎吱響才對啊！那是機器辦不到的事。」

驚慌的我邊用另一隻手輕揉挨打的部位，邊說：

「啊……那請您自便吧。」

接著，我帶領阿姨前往洗衣間。

「毛巾和棉質的衣物，請加入一般洗衣精和柔軟精後，以標準模式清洗。剩下的衣物，請加入毛料洗衣精後，以精緻衣物模式清洗。對了，使用毛料洗衣精的時候，請不要再加柔軟精。」

我一說完，她便用拇指和食指拎起放在洗衣機旁的塑膠籃內的待洗衣物，邊翻來翻去邊說：

「最近大家都用兒童衣物模式洗啊，看來夫人不知道吧？」

眼看我一臉訝異，阿姨伸手指了指洗衣機上標示「兒童衣物模式」的按鍵。

「你不知道嗎？最近的洗衣機都有啊，用這個模式洗的話，比較不傷衣服。」

三不五時摻雜的半語和裝懂的態度開始令我有些惱火，於是這次我果決地說：

「在我們家，請照我說的去做就好。」

「嗯嗯，知道了。」

阿姨打掃的時候，我一直在書房處理工作，她最後要進來打掃書房時，我便移動到臥室。平鋪在床上的棉被沒有一絲皺褶，枕頭和靠枕也整理得有稜有角，猶如剛辦完入住手續，踏入飯店房間看見的全新寢具。蜷縮於棉被上，我竟然躺臥片刻後突然入眠。直到被門外的阿姨大喊「全都弄好了」的聲音嚇醒，才匆匆起身。趁著她換衣服時，我一一檢查書櫃上方、抽屜手把上方、浴缸底部後，心情終於變好，第一次有了「想把我們家託付給這位阿姨」的念頭。她換好衣服後，站在玄關前開口說：

「雖然一眼就能看出來，但地板可都是用抹布擦過的。」

充滿自信的語氣。我掃視地板，確實和先前幾位阿姨清理的狀況不太一樣。柚木材質的魚骨紋地板，光滑而閃耀。

「謝謝您。」

「你應該知道現在的家務助理不太用抹布清理了吧？會幫客人用抹布清理的人，只有我。就算辛苦一點，還是得用抹布，心裡才覺得比較舒服。我的個性就是這樣，本來就愛乾淨。」

「原來如此，謝謝。」

我遞上裝有現金的信封袋。

「怎麼樣？要我繼續做嗎？」

她收下信封袋，低頭望著自己的外套袖口，邊扣釦子邊問。我稍微猶豫後，開口拜託：

「能不能請您隔週過來打掃呢？」

「隔週？」

阿姨看起來有些不情願。我焦急起來，畢竟好不容易才遇到滿意的阿姨，絕對不能錯過。我不自覺地以撒嬌的語氣，出聲央求：

「對啊，沒有辦法嗎？我們家也不算太大嘛，加上是雙薪家庭，白天幾乎沒人，也沒有孩子，家裡不會太髒。兩週一次應該最合適吧。」

阿姨思考片刻後，開口說：

「好吧，反正我星期五也沒有其他事。」

說完後，才第一次目不轉睛地注視著我問：

「是說……為什麼還沒有孩子？」

雖然有些錯愕，不過我經常被問這個問題，因此沒有露出特別的反應。

「我們剛結婚不久。」

「原來是新婚啊，什麼時候結婚的？」

「去年。」

我總是這樣隨便應付。

「嗯嗯，那來日方長啦。」

阿姨邊將我交給她的錢袋放入包包，邊穿上鞋子。褐色人造皮革製成，既不是皮鞋也不是運動鞋的鞋後跟已經完全磨平。我替阿姨打開大門，說了句「兩週後見」，向她點頭致意。此時，原本打算步出走廊的阿姨忽然轉身問：

「對了，你有在上教會嗎？」

「嗯？」我嚇了一跳，說：「我不去教會的。」

「我看到書房裡有《聖經》，以為你有上教會。」

她怎麼會看到？那大概擺在書櫃最下層最角落的位置吧。確實是我的東西沒錯，只是已經超過十年沒有翻開過了。就在驚慌的我陷入遲疑之際，阿姨打開門走出屋外。

「那我下下週五再過來。」

心裡莫名覺得不太對勁，但我決定不去在意。我再也不想經歷聘請新阿姨來家裡，如坐針氈地等待四小時後進行檢查的彆扭情況了。

這位阿姨正是所謂的「專業人士」，只要打掃得好就好。

我走進書房，取出久違的《聖經》。快要脱落的陳舊封面上，以歪七扭八的字跡寫著「尹 Silvia」。在故鄉老家，我們那一區最大的教堂與我家約莫是兩個公車站的距離。從小就在那個地方生活，我也受洗過。有段時間曾參與唱詩班，升上高中後，開始以讀書為藉口不去教堂，後來就自然地中斷了。雖然我現在已經不會自稱是天主教徒，但若因此丟掉《聖經》似乎不太妥當，所以才會習慣性地帶著它一起搬家。一翻開書籤線插入的位置，是《路加福音》第十六章第十九節：

從前有個財主，每天穿著華麗的衣服，過極度奢侈的生活。同時有一個討飯的，名叫拉撒路，渾身生瘡。他來到財主家門口，想要撿些財主桌子上掉落的東西充飢，連狗也來舔他的瘡。

讀到這裡，我闔上《聖經》。腦海中描繪出頂著黏糊糊的頭髮，穿著破爛的乞丐形象。翻找宅邸牆垣前面的垃圾桶，拿出廚餘來吃的乞丐。想像著渾身惡臭的流浪狗舔著乞丐竄出破鞋外的骯髒腳趾的畫面，我反胃作嘔。仔細深究的話，其實《聖經》有不少極端的場景和描述。參加主日學校每年的例行活動「十字架苦路」，是我最反感的事情之一。替耶穌戴上荊棘冠、譏笑、眼睜睜看著耶穌上山時摔跤流血、脫下他的衣服、將釘子釘進手掌……在一小時內透過視覺體驗並消化這一切，對年紀尚輕的人而言，太過恐怖且殘忍。大約是十歲那年，結束彌撒後走進教義教室時，一個裝著米香的大袋子擺在教室正中央。教義老師先將數雙木筷和拋棄式湯匙分給孩子們，接著要求孩子們用橡皮筋把木筷連結成長棍，並在長棍的尾端綁上湯匙。孩子們依照指示，完成了一根根極長的湯匙。老師又要求孩子們用那根湯匙舀米香來吃。長湯匙比年幼孩子的手臂還要長，孩子們當然不可能吃到米香。眼看沒有人成功，而且整袋米香統統被撒在教室地板上，隨之起鬨的孩子們開始嘻笑。砰、砰，教義老師用掌心拍打桌面，說：

「好，現在請各位試著餵身邊的人。」

孩子們兩人一組，各自舀起米香餵對方吃。儘管長湯匙讓動作變得不自然，但總算是吃到了。覺得眼前情況相當有趣，孩子們再次放聲大笑。原本在一旁看著大家的教義老師，在黑板上貼了兩幅畫。一幅是天堂，一幅是地獄。置身天堂的人們，以長湯匙餵彼此吃飯；置身地獄的人們，只顧著自己吃，結果誰也吃不到，瘦得只剩下皮包骨。他們的下半身甚至浸在火坑之中。我問教義老師：

「不能用湯匙的話，直接用手吃不行嗎？」

老師略顯驚慌，但很快地又擺出冰冷的表情說：

「這是可以隨心所欲的事嗎？據説湯匙在地獄會被火融化，黏在手掌上。」

後來，我深怕湯匙黏在手掌上，總會邊吃飯邊不停地檢查，於是變得很容易噎到。我再次拿起《聖經》，隨意翻開一頁。這次是《路加福音》第六章第二十節：

耶穌轉向他的門徒，對他們說：「你們貧窮是有福的，因為天主之國將是你們的；你們現在飢餓是有福的，因為你們將得飽足。」

是啊，內容確實如此，我的腦中浮現「必須把《聖經》帶去附近的教堂或圖書館捐贈」的想法。

*

助理阿姨第二次來家裡的那天，一打開大門，便立刻皺起眉頭說：

「唉，我上次就這樣覺得，新房子的味道太濃了。」

「是嗎？可能我一直待在裡面，不覺得吧。」

「嗯嗯，化學物質的味道一下子就湧上來。裝潢是新的吧？」

內心雖然想著：「誰看了都會知道我們家是新裝潢，幹嘛特地問？」但我依然中規中矩地回答：

「對，我們重新裝潢後才搬進來的。」

「漂亮是漂亮啦，但會引起病態建築症候群[1]，對夫人的身體不好。現在是該懷孕的時期，要特別注意才行。」

她逐一打開整間房子的窗戶。深秋時分，濃濃的寒氣讓我的雙臂豎滿雞皮疙瘩。我走進書房，關上門，打開筆電確認一下信件後，點開入口網站，搜尋「消除新家味道的方法」。此時，阿姨突然推開書房的門，走了進來。泛黃褪色的T恤搭配滿是污漬的及膝褲子，那是她換穿工作服後的模樣。

「你跟仲介說我會固定來這裡了嗎？」

固定聘請家務助理，雖然可以免繳服務手續費，但必須向仲介繳納八萬元的年費。介紹我仲介的同事曾經提過這件事，但我一時忘記，直到此刻才想起來。年費比想像中來得多。我不確定沒有告知仲介會不會造成阿姨的損失，於是開口問她。

「反正說不說，我都是領一樣的錢。」

「那我就不通知仲介了。我們有彼此的電話號碼，私下聯絡，約定時間就可以了。沒關係吧？」

「好。」阿姨不在意地說完便離開。

那次之後，阿姨仍經常不敲門就進來書房。即使從第一天就有這種感覺，但她比我預料的還要多話。無論我在書房或臥室，她都會猛地開門進來講些我根本沒問過的事。

「我啊，有三個兒子。」

所以呢？真不知道該如何回應她。之前我總是給予相同的反應，但是對於這句話，我真的無話可說。

「原來如此。」

莫名更加興奮的她又接著說：

「大兒子已經結婚生子，二兒子最近剛找到工作，小兒子正在當兵。其實，我做這份工作的時間不算久。養大三個孩子後，才開始有自己的時間，加上也想稍微活動一下當作運動，正好適合本來就愛乾淨的我。」

話才說完，又冷不防地補上一句：

1 Sick Building Syndrome，建築物室內空氣品質不好，導致使用者出現各樣不適症狀。

「夫人也該在明年生孩子了吧。」

我邊假裝在看手機，邊起身說：

「我突然有點急事，出去一下再回來。」

我躲到家裡附近的咖啡廳。喝下一口撒滿肉桂粉的熱卡布奇諾，總算釋放了些許壓力。我想，下次開始只要幫她開門就出來待在咖啡廳，應該會比較自在。她的話沒有惡意，只是那個世代理所當然的價值觀罷了。

我們夫妻不打算生小孩。對我來說，孩子就像平台鋼琴，能發出我一輩子沒聽過的極度高貴的聲音。只要聽一次那種聲音，便會受其獨有的美妙所迷惑。過度地沉迷，甚至令人錯覺「聽到那聲音之前的自己很可悲」。這倒也沒有錯，但是身為一個有責任感的大人，一個有邏輯的人，就要懂得思考自己是否有足夠的空間放置它。將龐大的平台鋼琴帶回家之前，必須先判斷家裡有沒有合適的角落擺放。然而我也很清楚，就算空間再怎麼不夠，還是可以硬塞進來一起生活。當然有辦法一起生活，只要不把家看作家，而是看作鋼琴保管室就行了。平台鋼琴占據了客廳大部分的空間，於是不必再考慮放布沙發、沙發邊桌、原木櫥櫃或龜背芋盆栽。想從客廳走到廚房時，不能直接從中間通過，而是要踮起腳尖，勉強鑽過鋼琴背面與牆面之間，或是從鋼琴底下爬過去。我們夫妻不想過這種生活。人生至今從未感覺富足、生活寬裕，好不容易活到三十五歲，我們只想在餘下的歲月裡安心享受，不想將平台鋼琴帶進二十多坪的公寓裡。這是我們這對明智夫妻做過最聰明的決定。

即使在婚禮前夕，第一次到處找房子時，我們也是每週拿著少得離譜的租屋押金看遍各式各樣的房子。基於無法得到雙方家裡的金錢援助，加上我和老公踏入職場不過三、四年，只能帶著過去幾年存下來的錢找房子並舉辦婚禮。我們看的房子類型，以廚房兼客廳用的多戶住宅為主。那種房子，單單走廊就會讓我感到憂鬱。窄得不像話的走廊上，擺著因為家裡空間不足而必須放到外頭的嬰兒車和三輪腳踏車，導致房屋仲介、老公和我必須像探險隊一般，呈直線列隊才有辦法通過。一按下門鈴，探頭出來的女人統統長得一模一樣：失去光澤的鬆弛皮膚、隨便紮起的頭髮、精力殆盡的神情。她們總是用同樣的神情向來看房子的我們道歉，說著「對不起，家裡有點亂」。太過狹窄的家，讓掛在牆上的結婚照都顯得過分巨大，我甚至無法相信照片裡身穿婚紗的女人和眼前的屋主是同一人。結婚照旁邊絕對會掛著寫了「祝敘俊誕生百日快樂」之類文字的繽紛色卡，而那個名為「敘俊」的孩子，則在幾乎滿布廚房兼客廳區域的彩色玩具堆裡，停下玩耍的動作，目不轉睛地看著我。房屋仲介、老公和我必須一邊留意不踩到彩色玩具，一邊看房子。我只希望他們是為了搬去更寬敞舒適的房子，才會出售這一間。

直到阿姨在家裡打掃了四個小時左右，我才從咖啡廳回家。一打開大門，映入眼簾的是整理得整整齊齊的我和老公的鞋子。光滑的客廳地板上，看不見一根頭髮。走進廚房時，阿姨正用乾布擦拭著洗好的碗盤，一一擺上碗櫥。

「回來啦？」

「您放著就好，我可以處理。」

「順手而已。」

由於身上沒有現金，我請阿姨告訴我她的帳戶號碼。她將帳戶號碼寫在紙上，我立刻打開網路銀行的應用程式。然而，她告訴我的帳戶，顯示的戶名卻不是她的名字。

「戶名好像不一樣耶？」

「那是我兒子的帳戶，轉帳到那裡就行了。」

這是阿姨工作了四小時賺到的錢。一想到這筆錢不是進到阿姨的錢包，而是進到她兒子的帳戶，我莫名覺得悲傷，腦中浮現「下次絕對不要忘記先領好現金」的念頭。

到了第三次，阿姨如常地皺著眉頭現身。

「新房子的味道還是沒有散。」

我像個做錯事的人，忙著辯解道：

「那個……因為天氣很冷，沒辦法一直開門通風……」

我悄悄溜進書房，將筆電和要讀的書放進包包，打算今天也去咖啡廳待著，說了聲「我出去辦點事再回來」便走出家門，並向阿姨多交代了一件事：

「對了，今天可以麻煩您清理一下窗框嗎？」

原本拿著待洗衣物走向洗衣間的阿姨，忽然臉色一沉。醞釀片刻後，她面露難色地說：

「看來夫人不知道吧，現在沒人在幫忙清理窗框了。」

「是嗎？」

「本來就是啊，清理窗框很花時間，不是能在四個小時內完成的工作。」

我和阿姨之間一陣沉默，我搶先一步說：

「那您今天可以不用洗衣服和洗碗。」

「嗯嗯，我知道了。」答話的阿姨沒有看我一眼。

和上次一樣，我在咖啡廳待了四個小時後回家。稍微檢查一下，包含客廳和臥室陽台在內的所有窗框都清理得相當乾淨，待洗的衣服和碗盤也全部整理完畢。對於阿姨完成超出分量的工作，內心雖然閃過一絲感激，但分明有辦法在四個小時內完成，還不情願地推託，倒也令我有些不是滋味。即便如此，我認為還是要添加適當的費用支付我額外要求的工作。打從一開始我便是抱持這種想法拜託她的。我將信封袋遞給阿姨，說：

「今天多加了一萬元。」

她這才變得和顏悅色。

「天啊，太感謝了。」

阿姨伸出雙手接下信封袋，深深低頭致意。那次之後，阿姨只要一打開我家家門進來，連鞋都還沒脱，就會先開口問：

「如何？今天要不要清理窗框？」

看起來若無其事的樣子，聲音裡卻有著拚命忍耐也掩藏不住的興奮情緒。

＊

時間一久，阿姨開始遲到。理應九點上班的她，先是晚到十分鐘、二十分鐘，後來不知從何時起，開始變成十點才上班。阿姨一踏進玄關，往往不是先道歉，而是邊解開圍巾邊說：

「唉，公車太晚來了！只要錯過一班就要再等三十分鐘。」又接著問：「如何？今天要不要清理窗框？」

後來我才知道，阿姨住在距離我家公車車程一小時的地方。再加上，唯一一班能抵達這裡的公車，發車間距是三十分鐘。這麼冷的天氣裡，必須搭一小時公車上班確實可憐，但以前都能準時，代表這不是問題，我難免覺得她只是失去初心罷了。介紹仲介給我的同事說，她的家務助理開車上班，因此不太會遲到。真希望我們家的阿姨也能開車上班。雖然同事勸我向仲介反應阿姨遲到一事，但我們的情況不允許這麼做。於是，我打算再觀望一陣子。

「老婆，衣服不太對勁。」

當晚，正從曬衣架上收拾毛巾的老公叫了我一聲。我摸了摸，發現毛巾變得很硬，怎麼看都像是沒放柔軟精的樣子。倒是我在一件理應不該添加柔軟精的毛衣上，聞到過量的柔軟精香味。心想「會不會是搞混了」，仔細觀察後才發現不只如此。有時，毛衣和雪紡衫變得粗糙；有時，棉質T恤上的污漬完全沒有洗掉。看來是阿姨無視我提過必須以標準模式和精緻衣物模式分開洗衣服的要求，有時全部用標準模式洗，有時全部用精緻衣物模式洗。但這一切都只是我的推測，因為我在阿姨工作期間都待在咖啡廳，無從得知她如何洗衣服；就算我不去咖啡廳，也不可能一直跟在她身後檢查。老公每次收衣服時，都會表達對阿姨的不滿。

「其他地方也和以前不一樣了。相框上的灰塵，都是我每次看到時隨手擦掉的，阿姨不知道從什麼時候開始就不擦了。」

即使我也察覺到相框上有灰塵，卻不太認同老公的說法。

「才一點點而已。大概是阿姨要做的事情太多了，一時沒有顧到。」

「不只那樣，她整體好像都越來越隨便了。」

「沒有，她不是那樣的人。」

「不能換人嗎？」

我打斷老公還沒說完的話。

「我很清楚我請來的人，沒有比她更好的了，她真的很講究乾淨。我會自己看著辦。」

我想一定是我一開始把洗衣服交代得太複雜了。人的年紀越大，記憶力自然越差。我的要求對阿姨來說，或許真的太多了，必須減少阿姨工作的複雜程度。

「從現在開始，請全部都用精緻衣物模式洗衣服就好。」

我向從更衣室提著洗衣籃走出來的阿姨說。她「嘖」了一聲後，開口說：

「夫人現在才終於肯聽話。」

她的反應令我意外。

「我不是打從一開始就那麼說了嗎？」

我真心不明白她在說什麼，反問：

「什麼意思？」

「我來這裡的第一天啊，不就告訴你全部衣服都該用精緻衣物模式洗，這樣才不會傷衣服。」

「您沒有說過啊……」

我努力讓顫抖的聲線維持平穩。阿姨搖著頭說：

「唉，夫人年紀輕輕就這麼健忘，該怎麼辦啊！」

她拿著待洗衣物走進洗衣間。我雙頰滾燙，只想趕快離開家裡。我走進書房，收拾要帶去咖啡廳的東西。阿姨第一天來家裡時，建議的是用「兒童衣物模式」洗衣，而不是我拜託她的「精緻衣物模式」。況且我也不是那麼想用這種方式處理，只是怕分兩次洗造成她的困擾，特地想要減輕她的工作。越想心情越糟，再也不想跟阿姨說任何話，於是連「我出去一下」都沒說，便直接出門了。

三個半小時後，我一回家才發現阿姨已經打掃完畢，連衣服都換好了。不顧自己遲到三十分鐘，離開的時間倒是算得很精準。她不發一語地把我遞上的錢袋收進包包，隨後，用手指捏起一根原本掉在玄關地板上的頭髮，放進自己的外套口袋，說：

「夫人，不好意思，我們能不能改一下時間？改成十點。」

我心想：「不是早就隨意改成十點了嗎？」

「有什麼事嗎？」

「唉，是我家孫子啦。」

阿姨說，兒子和媳婦拜託她上午幫忙照顧孩子。因為媳婦最近開始在家裡附近的小吃店兼職，時間被打亂了，上午必須找人暫時照顧孩子。

「好，就這樣吧。」

我無奈地回應。

阿姨離開後，我關上大門走進屋內。一眼望盡打掃得乾乾淨淨的客廳，兩個印有北歐圖樣的靠枕整齊地倚著黑色布沙發的右側扶手，我的心情這才稍微舒緩。打開沙發邊桌上的融蠟燈，坐上沙發輕撫扶手，先想著「沒有選皮沙發而是選布沙發，真是正確的決定」，接著又想「等到明年夏天，再換成亮色的沙發布套」。我枕著靠枕，平躺在沙發上，拿起手機，打開通訊軟體，原本想要傳訊息給老公，卻不由自主地想找一下阿姨的個人檔案。記不得當初儲存的是「助理阿姨」還是「阿姨」，我往返於「ㄓ」與「ㄚ」的聯絡人名單之間，最後在「ㄚ」列找到「阿姨」，並點開她的個人頭像。一張家庭照。阿姨抱著嬰兒，坐在宴客桌邊。看起來像是在家裡設宴，桌上擺著蛋糕、水果、白米蒸糕，以及一隻兔娃娃。桌邊掛著寫了「祝主恩誕生百日快樂」的繽紛色卡。阿姨的兩側分別站著貌似兒子和媳婦的人，媳婦手上又抱著另一名嬰兒。我莫名感到反胃，拜託老公下班回來的路上去藥局幫我買胃藥。

*

今年第一次發出暴雪警報的日子，儘管當天放假，我仍要去公司一趟。因為和首次入駐韓國的瑞典廚具品牌的合約出了點問題，需要和業務組召開緊急會議。我先將裝了現金的信封袋放在玄關的架子上，告知阿姨「離開時把門關上就好」後，便出門了。一踏入地下停車場，才驚覺車鑰匙不在外套口袋，於是又搭電梯返家。

按下八位數的密碼鎖，打開大門。瞬間，家裡傳出陌生的聲音，沒有高低的音律不停重複，和著聽起來總覺得哪裡不太自然的顫音。歌聲縈繞整間屋子。我循著聲音的來源，一步步慢慢走近廚房。歌聲逐漸變大。阿姨正用假音哼唱著：

「我——為求——主的援助——向主耶穌——祈禱——懇請祢——救助——我——接受——我——」

她邊用濕抹布擦拭流理台，邊繼續哼唱。她明明有聽見我打開密碼鎖進入房內的聲音，卻完全不打算停止歌唱。我站在客廳和廚房之間，緊盯著阿姨的側臉，她這才轉頭看了看我。即使已經看見我，看著我的雙眼，她的嘴巴和小舌仍繼續高唱：

「懇請祢——接受——我——原有的面目——」

不斷歌唱的她，唱到眼睛散發笑意，才終於停下歌聲問：

「忘記拿東西了嗎？」

「我好像把車鑰匙放在梳妝台上了。」

「嗯嗯。」

她再次轉過頭，繼續用若有似無的音量哼唱。

有別於原本的計畫，出發不到兩個小時，我又要回家了。這一切歸咎於暴雪癱瘓了道路，讓我無法準時抵達公司。幸好，原本差點闖出大禍的問題也在這段期間解決了。會議取消。只要各自回家完成手上的工作即可。我調轉車頭回家。

打開大門入內，家裡異常安靜。理應仍在屋內的阿姨，不見身影。我心想：「難道……」走回玄關，發現架上的信封袋不見了，她已經下班。看了看時鐘，我離開家只有兩小時五十五分鐘。這有點太過分了，況且我還在今天的信封裡多加了一萬元。我檢查了一下客廳陽台的窗框，擦得相當乾淨；但打開通往臥室陽台的落地窗拉門，發現灰塵全堆在一角。火冒三丈的我，一心想著隨便擦擦也好，便走進雜物間拿抹布。此時，我看見雜物間裡的吸塵器，透明的塑膠集塵盒內，堆著滿滿的灰塵。阿姨一向用完吸塵器會清空集塵盒內的灰塵才離開。她會用專用垃圾袋清空每個房間的垃圾桶後，拿去放在社區的垃圾處理場才離開，還會替空垃圾桶換上新的塑膠袋。我跑去廚房，打開流理台旁的垃圾桶。垃圾原封不動，甚至瀕臨溢出。垃圾堆上有一個即溶咖啡的空包裝，以及印著便利商店商標的麵包袋——全是我從未買過的東西。

那次之後的兩週間，我一直等著要給阿姨最後一次機會。當天，趁著打掃結束的她去更衣間換衣服之際，我趴在客廳地上，將手伸進櫃子底下深處。我縮回沾滿黑色灰塵的手，甚至開始質疑她是否真的有用抹布擦地板作為收工前的步驟。

我打開浴室的燈，走了進去。浴缸和洗手台的水龍頭都如鏡子般乾淨。然而，有些地方不太對勁。我仔細端詳洗手台，灰塵和水漬原封不動。一伸出手指觸碰浴缸底部，相當滑膩，而且浴缸邊緣布滿黃色的污垢。簡單來說，就是完全沒有清理。在這種情況下，唯獨水龍頭閃閃發亮，著實令人感到荒唐。如果時間不夠，大可告訴我這週沒辦法打掃浴室就好。可是，只把水龍頭擦得亮晶晶，顯然是想讓人乍看以為她已經打掃完浴室了。很難再忍耐下去的我，決定告訴阿姨「之後不用再來了」。我已經忍了多少個星期……

一踏出浴室，便看見將外套和圍巾掛在手臂上的阿姨走出更衣間。就在我準備開口的瞬間，她先一步開口說：

「夫人啊，我之後不能來了。」

「什麼意思？」

阿姨表示，有其他雇主要她每週過去打掃，而不是隔週一次，所以她沒辦法再來了。面對明顯不打算再來的阿姨，我卻不知為何脫口說出：「您也可以每週過來。從下週開始，麻煩您每週過來打掃一次。」她說，自己已經通報仲介，甚至上週五也已經第一次去那戶人家打掃了。為了來我們家打掃最後一次，她還特地拜託那戶人家讓出一天才過來的。

「其實我本來不打算提這件事……」

坐在玄關地上綁鞋帶的她，猶豫片刻後接著說：

「碰到午餐時間的話，多少要給點東西吃，才會討歐巴桑喜歡。

夫人大概不懂這些事吧。」

隨後一一拾起放在地上的外套和圍巾，邊穿邊說：

「對了，仲介之後可能會打電話來，要你繳年費。」

「為什麼突然……」

「因為他們問我，是不是一直在這裡工作，我就照實回答啦。」

接著又說：

「我實在沒辦法說謊，我可是信主的人。」

將圍巾圍上鼻頭，她帶著最後一個信封袋離開。我望著關上的大門，伸出左手撫弄右手指尖，手指上殘留著浴缸底部的水漬，依然滑膩。我再次走進浴室，用力扭開水龍頭，開始洗手。擦得乾乾淨淨的水龍頭圓滑的表面，映出我的臉孔，眼睛、鼻子、嘴巴被詭異地拉長。

＊本篇命名源自喬伊斯．卡洛．奧茲（Joyce Carol Oates）小說集《玉米少女和其他噩夢》（*The Corn Maiden and Other Nightmares*）中的同名短篇。

백한번째 이력서와 첫번째 출근길

第101次的履歷與第1次的上班路

喝？不喝？矛盾的十分鐘。本來想著如果公車立刻出現，就直接上車不必喝了，但為什麼遲遲不來……我又悄悄瞥了一眼公車站後方的咖啡廳玻璃門。

外帶　美式咖啡二〇〇〇元

新買的雪紡衫和著汗水黏在背上。高溫三十九度，據說是史無前例的熱浪。光是想像用吸管吸一口裝滿冰塊的冰美式咖啡，好像已經讓體感溫度下降兩度。喝？不喝？

這是前往新公司的第一趟上班路。儘管已經待過幾間公司，但這次特別緊張，原因在於，我是第一次以「正職」身分上班。畢業後，我分別在三間不同型態的公司實習，約聘六個月、六個月、一年，但仍會在一看到公開徵才的訊息時，持續撰寫無數履歷與自傳。收到投了履歷的公司寄來的信件，正當我反射性地自嘲「怎麼可能錄取？」而非期望「拜託錄取我！」時，不可置信地竟是封「錄取通知信」——只曾耳聞的「候補錄取」。備取第一順位的我錄取了。雖然是其他錄取者已經完成職前訓練的時機點，但這不是太嚴重的問題，只要有一股「我會讓你們瞧瞧何謂『中古新人』的適應能力」的決心。原本以約聘身分任職的公司同事們聽到消息後，紛紛為我送上祝福，並舉辦盛大的歡送會。我在炸雞店裡戴上三角帽，吹熄冰淇淋蛋糕上的蠟燭。此時，有人說了一句：「善解人意的你，去了那裡一定也能受到大家的喜愛，一定可以做得很好。」讓我哭了。

年薪也調漲了許多。兩千六百六十三萬元。扣稅後，月薪是兩百零一萬元。月租五十萬，管理費七萬，水電費十萬，網路費一萬，手機費和其他分期七萬，雖然沒有男友、但或許有一天會用上的結婚預備基金五十五萬，為了慶祝就職，透過好久不見的學姊加入稅優型保險與實支實付型保險十二萬，全新的雪紡衫、高跟鞋、裙子、褲子一共十七萬，以及在超市採買的食材與生活用品七萬。這樣還剩下三十五萬。往後的目標是：包含交通費在內，每天花一萬一千元。不過，由於公司在漢南洞，多少還是有點困難。因為沒有員工餐廳，必須外出吃午餐。雖然漢南洞有不少漂亮優雅的餐廳，但聽說大部分都很貴，幾乎沒有可以輕鬆吃飯的實惠餐廳。但無論如何，都要守住每天的一萬一千元……

完蛋了。腋下正在出汗。我慌忙地舉起左手，檢查腋下。淺薄荷色的雪紡衫，早在不知不覺間濕出一個深綠色的圓。我抬頭，看見不久前還顯示「十分鐘後到站」的公車站顯示板，突然跳出「暫無預計到站」。不行，不行，不能第一天就一副剛用汗水洗過澡的模樣去上班。我轉身，快步走向咖啡廳——不到五步的距離。叮鈴、叮鈴，門鈴聲與冷氣的風迎面襲來。啊……總算活過來了。我稍微撩起雪紡衫的下襬，邊讓涼爽的空氣順暢流通，邊說：

「麻煩給我一杯冰美式咖啡。」接著，又迅速補上一句：「對了，我要外帶。」

「四千五百元。」

什麼？我反問：

「多少錢？」

「四千五百元。」

「外面寫外帶是兩千元啊……」

「美式咖啡是兩千元。」

「我點美式咖啡啊……」

「客人點的是冰美式咖啡。需要為您換成熱的嗎？」

不會吧，是在開玩笑嗎？我轉頭望向剛剛進來的玻璃門，反向讀了一遍：外帶　美式咖啡二〇〇〇元。對耶，完全沒有提到「冰」字。我滿腹委屈，追問道：

「現在是夏天，大家想的自然是冰美式咖啡啊！哪有人會在這麼熱的天氣喝熱咖啡，而且還外帶出去喝？」

我一說完，咖啡廳老闆立刻笑著說：

「您大概不知道吧？我是在義大利學咖啡的，在那裡，就算是盛夏也只喝熱咖啡。他們從來不知道什麼是冰咖啡，咖啡本來就是一種熱飲。」

我當然只想花兩千元。如果要四千五百元的話，我打從一開始就不會想要進來。要離開嗎？但玻璃門外的世界看起來太過炎熱，我沒有勇氣在不拿著一杯冰咖啡的狀態下走入那個烈日。我束手無策地說：

「請給我冰的。」

我拿出手機，確認公車到站資訊。七分鐘後到站。搭上這班車的話，完全可以準時抵達公司。不過，因為今天是第一天上班，我想要比規定的時間提早抵達、坐好。之前的三間公司，我絕不是隨便待待而已。第一個月很重要。只要現在早點到，以後就算遲到也是「一向都提早到的人，今天稍微晚了點」；但如果第一個月就頻繁遲到，以後再怎麼早到也只是「一向都遲到的人，幹嘛突然提早來」。正好有輛計程車經過，我果斷地伸出手。

「麻煩到漢南洞。」

一搭上計程車，我立刻搜尋「義大利冰咖啡」。瞬間，跳出一連串「義大利人不喝冰咖啡的原因」、「大家知道義大利沒有冰咖啡這件事嗎？」的文章。我邊用吸管吸著冰美式咖啡，邊想著「看來他不是亂講」。不久前還為了咖啡廳的促銷手法火冒三丈，此刻喝著冰涼的咖啡，靠著計程車的椅背，讓冷氣把汗吹乾……隨著身體變得舒暢，內心也跟著平靜下來，頓時覺得那也不是什麼值得生氣的事。

計程車經過南山塔。黑漆漆的車窗上，映著我的臉。努力吹好的瀏海被汗浸濕，垂落額頭。我從包包裡拿出魔鬼氈髮捲，捲好瀏海後，試著展露足以看見整排門牙的笑容。昨天去做新進員工健康檢查時，一併做了附加的洗牙項目。雖然有些羞愧，但那是我長這麼大第一次洗牙。前所未有的淨白牙齒，閃閃發亮。太過滿意自己清爽牙齒的我，每次經過隧道都會對著車窗「咿」、「咿」地笑。正職員工果然不一樣。該怎麼形容到職前就能接受健康檢查這件事呢？有種真的受到尊重的感覺。雖然有些誇張，但確實有種公司「聘請」我的感受？把我視作「人才」的感覺？計程車駛離隧道後，便看見左側遠處的大型玻璃建築。白天時，輝映著飄浮白雲的藍天；夜晚時，閃耀著以格紋環繞整座建築的繽紛亮光。那是我們公司所在的大樓。我拆下瀏海上的髮捲，放進包包，掏出計程車費八千元。

大樓入口處，整齊掛著進駐公司的牌子。一樓是捷豹展示中心，二樓是義大利大使館，三樓則是我的公司。心情莫名變得很好。不過是上班而已，不知為何有種更接近漢南洞、捷豹、義大利的感覺。

自動旋轉門以固定的速度不停轉動。每當門縫短暫出現空隙時，大樓內會滲出些涼風，因此當巨大的門旋轉，漲紅的臉頰便會重複著稍微變涼又在轉眼間發燙的過程。我終於踏進這道門了，以後要待很久、很久的，我的公司。只要踏進去就可以了……然而不知為何，旋轉門似乎轉得過快。我準備好要伸腳時，總覺得門板又近在眼前，持續錯過時機。好奇怪，好可怕，各式各樣的恐懼猛地竄出。萬一大家看不起備取的人，怎麼辦？萬一大家輕視年紀大的人，怎麼辦？萬一彼此已經很熟的大家排擠我，怎麼辦？萬一因為腋下濕了而要我離開，怎麼辦？萬一健檢報告發現什麼致命疾病，取消讓我入職，怎麼辦？

此時，突然有隻長滿褐色毛髮的大手咻地出現在我面前，以掌心朝上之姿。我轉頭看向那隻手的方向，是一位擁有深橄欖色眼珠，猶如雕像般的美男子。他同時聳起肩膀與眉毛，說了句：

「Lady first.」

「啊……Thanks。」

好帥。應該是義大利大使館的職員。突然被護送的我，踏入旋轉門內。我置身其中，轉著、轉著……想像起「明年是不是就能第一次使用暑期休假？」。即使今天沒有做到，但必須從明天開始，好好地連今天的份一起確實省吃儉用，多存十萬元才行。如此一來，明年夏天才能去義大利旅行。我要去義大利親眼看看那些只喝熱咖啡的人。終於進入大樓內部了。我能確實感覺極為涼爽的風，霎時吹乾原本濕透的瀏海。這是我有生以來遇過的，完全不同層次的冷氣。背脊早已豎起雞皮疙瘩，雪紡衫也愉悅地飄揚著。我提了提側背包，以單手拿著冰美式咖啡的姿態，朝電梯的方向跨步前行。新買的高跟鞋鞋跟發出的聲音，好輕快。

새벽의 방문자들

凌晨的訪客

女子的雙眼搜尋著「旅館」二字。「旅館」，或者「做愛」；「過夜」，或者「一夜情」；再不然的話，就是「旅＊館」或「做／愛」。全是「旅館」、「做愛」或者相關的詞彙與文章。女子將滑鼠游標移到「使用規範」按鈕上，點擊進入。跳出一個視窗。確認完所有謾罵、洗版、營利、洩漏個資、色情成人廣告的文字至最後一列後，按下確認鍵。刪除了一個「做愛」，又產生數十個「過夜」、「一夜情」、「旅館」、「女大生」、「美妙的夜晚」。

女子任職於入口網站關係企業，近來的工作是監督留言——找出違反規定的留言，以及確認被檢舉的留言後，直接匿名處理。網路上可以留言的地方非常多，只要輸入欄是空的，任何人在任何地方都能像排泄一樣吐出文字。只要在游標能閃爍的縫隙，隨便輸入後按下確認鍵，就能原封不動地留下文字，形成詞彙，成為句子。只需要一秒鐘，就能在數萬人往來的網頁上肆意來去、袒露。直到自行或被某人刪除之前，任何型態、內容的文字如化石般鑲嵌在伺服器某處，安然無恙，而且不會腐敗。女子必須將那些東西挖出來，刪除得一乾二淨。

「100％保證女大生」、「超乎想像的性＊愛！」、「服務到您滿意為止」、「直送家裡或旅／館」、「以最好的價格，獻上最好的服務」、「三小時五萬元，過夜十萬元，不限次數！」、「只有A級，任君挑選」、「與性感身材完全相反的娃娃臉，任何男性都能駕馭」……一整天都在看這種東西，根本是在清潔公司上班，但相較於「清潔」，女子的心情更貼近「骯髒」。

隨著違規留言日漸增加，單憑現有的人力手動刪除，成果終究有限。為了減少惡意留言，總公司籌備了對應方案。舉例來說，相同ＩＰ位址在特定時間留言超過十次以上，即禁止留言五分鐘，或者將曾經違規的ＩＰ直接封鎖，又或者研發能夠持續增加禁止輸入的黑名單詞彙。不過，色情廣告當然也會不斷進化，只要改變網址即可，至於禁止用語也只要摻雜特殊符號就能巧妙迴避。研發工程師竭盡全力寫出防止垃圾留言的程式，垃圾留言者竭盡全力地留言，女子竭盡全力地刪除留言，業者也決定竭盡全力「服務到您滿意為止」。這裡也竭盡全力，那裡也竭盡全力，什麼都沒有改變。

＊

女子沒有立刻在住商混合大樓的一樓大廳搭上電梯，而是來回踱步。她緩緩環顧堆疊在管理員辦公桌旁的宅配箱，尋找寫著「1204」的箱子。女子一直很不滿管理員總是用麥克筆在宅配箱上大大地寫上門牌號碼一事。雖然這麼做的確能輕鬆快速地找到包裹，但自己的居住地點如此顯眼、輕易地暴露在他人眼前，著實令人不悅。女子將包裹寫著門牌號碼的一面朝下，拿著上下顛倒的箱子搭上電梯。

雙手抱著宅配箱，打開家門後，她依序甩了甩雙腳。脫掉的高跟鞋各據一方地倒在玄關地板上。女子用手肘按壓電燈開關，電燈尚未完全亮起前，可以感覺原本在空房子的漆黑深處任意活動的蟑螂頓時消失。住商混合大樓的日光燈無法一下就開啟，必須閃爍三、四次才能完全亮起。第一次閃爍的瞬間，整間房子彷彿糊著斑點圖樣的壁紙般，充滿蟑螂；第二次閃爍時，整片地板彷彿被撒滿芝麻般，鋪散數千隻蟑螂；第三次是一百隻，接著是十隻，直到電燈終於完全亮起，空無一物。

即便沒有親眼確認，女子仍能憑直覺感知——泰然藏匿於流理台底部、鞋櫃下方、衣櫃後方的蟑螂群，以及這個狹小的房間假裝不知道蟑螂何時存在過的謊言。正好有兩隻沒有歸位的蟑螂停在玄關正中央，慢慢擺動著觸鬚，只有灰塵大小般的幼年蟑螂。女子放下宅配箱，拎起拖鞋，接著即刻拍擊地板，一口氣殺死兩隻蟑螂。指尖傳來細微的異物感，讓她的前臂豎起雞皮疙瘩。女子認為，自己除去的不過是共同棲息於這個房間的蟑螂中僅僅兩隻，而且還是最弱、最小的傢伙。

女子搬來這座雙塔式住商混合大樓，還不到一個月。這是棟屋齡超過三十年的老建築。從馬路對面看向這座十五層樓的住商混合大樓，清楚可見A棟上寫著「雙」，B棟上寫著「塔」，而且還是以粗糙的書寫體大大地陽刻於建築頂樓。相較於讓人居住，這棟大樓起初似乎是為了辦公而建。或許正因如此，令人不滿意的地方比比皆是。

雖然為了居住的人而貼上原木紋路的地板貼片，但只要抬頭看向掛著日光燈的石膏天花板，就會意識到這裡原本不是「住」而是「商」的事實。一躺上床，望著繪有宛如紅蟲圖樣的天花板，感受不到一個「家」該有的溫暖。女子訂購了一個會發出幽幽光線的立燈。如果關上日光燈，只開立燈的話，似乎就能不那麼在意石膏天花板了。而比起天花板，廁所的門板更令人感到不順眼。陳舊的門板下方布滿雜亂的水垢，以及和公廁門板一樣在上、下方預留縫隙的設計，令人感覺「整個房間都是廁所的延伸」。

女子是緊急搬來這裡的。原因歸咎於之前住的房子合約到期後，沒能續約。一來無法負荷房東要求提高的押金金額，二來想要趕快揮散和論及婚嫁的男友分手的回憶，覺得生活需要一些改變的念頭推了她一把。那個男人，金先生，在數一數二的大企業總公司上班。撇除年紀大到會覺得將近三十歲的女子相當年輕這一點，的確是各方面都很出色的男人。金先生出生富裕人家，不僅品格端正，還具備恰到好處的幽默感。外型雖然不特別出眾，但已是沒什麼值得挑剔的正常體格，與一張還可以的臉蛋。時間一久，女子才實際體會到這份「還可以」，相對於平均來說竟是如此矛盾地稀罕。女子的朋友都很羨慕她能夠認識各方面都沒有稜角且穩重的金先生。女子也很滿意金先生——絕對不是因為他提過結婚之後，可以住進他父母以他的名義準備好的三十坪公寓，也不是因為他會在週五下班時間開著整間公司停車場最好的車來等她。無論是下班後一起去常光顧的酒吧約會，他總投以溫柔的眼光聆聽女子在公司發生的大小事時；或是女子在電話中無意透露想吃冰淇淋，他會悄悄帶著一大桶冰淇淋出現在家門口時，女子都能感覺自己確實深愛著他。

然而，女子拖延並逃避和他結婚，最終釀成分手，無法用上面這些優點來解釋，迄今仍令人難以相信。儘管無法明確地向任何人說明，女子也不曾期望任何人理解。非要說的話，大概是因為只要和金先生在一起，就會浮現那種穿著莫名不合身的衣服而透不過氣的感覺。面對單憑這般模糊的理由就放棄和金先生結婚的女子，身邊的人都說她「傻了」、「丟掉從天而降的福氣」，她甚至也聽過「你要有點自知之明」之類的話。女子無法聽而不聞，因為連她自己也不能理解為何做出這樣的決定。每當別人說她「傻了」的時候，她都覺得「我大概真的做了件傻事」而感到焦躁。然而無論如何，一切都過去了。女子和金先生徹底分手了。反正，也沒有戀愛多久。

女子沒有脫下外套，彷彿將身體拋擲似的躺上床，闔上雙眼。每次迷惘後悔時，女子總會刻意回想與金先生的性愛，這樣能消除某種程度的不安感，也能更肯定自己的選擇。與金先生的性愛並不令人印象深刻。插入前，金先生不斷渴求著女子每一寸肌膚的讚辭，在隨後堪稱失色的過程中無法留下任何興奮感。一想起和金先生無味、枯燥，甚至厭煩的性愛，多少能讓她忘掉細小的自責碎片。

女子緩緩睜開眼，天花板上發黑的污漬映入眼簾。那是她找到離公司不遠的最便宜房子，匆忙簽約入住後才發現有污漬。苦惱著究竟該不該將污漬遮掉的女子，又注視著天花板好一陣子。

叮咚。

門鈴突如其來地響起。女子像個做錯事的人一般微微蜷縮起身體。倒是有些新奇於這房子設有門鈴一事。獨居，加上早出晚歸，她從來沒有聽過門鈴聲。而且，這是她搬來這裡之後第一次門鈴響起。女子這才知道這棟住商混合大樓的門鈴是怎樣的聲音。她忽然想起在網路商店訂購的立燈今天會到貨。她在以前的住處偶爾也會遇到這種即使訂購時註明「放於管理室」，宅配人員仍然會登門按鈴的情況。

門鈴以固定的間隔持續響著。女子將握在手中的手機調成靜音，悄悄抬起腳後跟起身，左右張望屋內。不到十坪的房子，沒有任何藏身之處。她又躺回床上，用棉被將自己從頭到腳蓋住，埋進棉被深處，連一隻腳趾頭也不袒露。叮咚、叮咚……門鈴又響了幾次後才停止。女子屏息聽著宅配人員逐漸遠離1204號房的腳步聲，以及電梯上樓將宅配人員載下樓的聲音。原本握在手中的手機螢幕亮起，訊息寫著「無人在家，交給管理室」。瞬間，女子才意識到自己連呼吸都忍住的事實。她掀開棉被起身，大大地吐了一口氣，這是獨居後養成的習慣。她不想讓任何人知道有個年近三十的女子獨自住在1204號房。女子透過大門的門眼往外看，空無一人，這才重新回到日常生活。

*

搬家後就一直晾在一旁的衣櫃，不能再拖延不整理了，女子心想。天氣已經轉涼一陣子，但無袖背心與毛料大衣仍窩在衣櫃裡，甚至還停留在搬家時貨運公司的員工隨便塞進箱子的狀態，原封不動。女子清空衣櫃，將衣服統統堆在地板上，從衣服堆裡挑出一件、一件開始整理。過季不能再穿的衣服收進箱子，夏天的衣服收進抽屜，經常穿的外套放左邊，不常穿的衣服掛在下方衣架。整理完畢時，早已過了凌晨三點。就在此時：

叮咚。

門鈴又響了。女子懷疑自己的耳朵。無法分辨自己聽見的聲音究竟是不是現實，她相當驚慌。叮咚。又響了一次後，這才有股冷空氣拂過女子的心臟。沒有人會來找她，甚至沒有人知道她搬家這件事，也沒有其他的宅配包裹了。最重要的是，現在是凌晨三點。這個時間，門鈴沒有任何響起的理由。不安感籠罩著意識到自己正處於意外狀況的女子。這一切，恰似開燈的前一刻，想像著整個房間充滿了蟑螂一般，恐懼得令人發毛。

女子小心翼翼地走近玄關，往門上的門眼看。初次見面的年輕男子，站在微微閃著紅光的漆黑走廊上。穿著出乎意料的正式。一身全黑西裝，繫著藍色領帶，西裝外套外頭還多穿了一件長及膝蓋的防水風衣。肩上揹著粗肩帶的包包，可以隱約看見包包上印著筆電品牌的商標。怎麼看都像是一般上班族。這個男子在凌晨三點按下別人家的門鈴，一次、兩次……持續著。男子伸手按下門鈴後，便背著手不斷左右張望走廊兩端，之後甚至上上下下地踮腳尖。

害怕的人，似乎不只女子。彷彿面臨了什麼不符預期之事，男子看起來同樣驚慌。既不是裝扮詭異的怪人，也不是熟悉的臉孔，現在已經凌晨三點，更不是有什麼要事非得來找女子的人。女子判斷男子不過是找錯目的地的路人罷了。無論是自己家或是本來的目的地，女子只希望他趕快回歸原處。只有深夜的不速之客離開後，她才能重回寂靜。女子只希望自己的存在能從超過數百間的房子之中被陌生人選上，回到被不經意遺忘的日常。男子停止按門鈴，打開掛在門把上的牛奶宅配籃的蓋子，開始檢視籃子內部。燈滅了。只要經過一段時間，走廊的燈便會自動熄滅，直到感應到動靜才會再度亮起。看不見任何東西。女子吞了吞口水。瞬間，紅色的燈再次亮起。

嗶、嗶嗶嗶嗶……嗶。嗶嗶嗶嗶、嗶……

男子開始胡亂按壓大門的密碼鎖。啪嗒——女子感覺某樣東西在腦中應聲斷裂。嗶嗶嗶……嗶……拜託……嗶……不要這樣……嗶嗶嗶……到底……嗶嗶……為什麼要對我這樣……女子的內心，幾乎快要哭出來地吶喊著。曾在新聞報導上見過的各式犯罪，此刻正在眼前上演。隨著門外男子按密碼的手部動作越來越快，瀕臨潰堤的尿意也開始湧現。透過比自己個子低的大門門眼緊盯屋外的女子，以翹起臀部的蜷縮蹲姿，牢牢抓緊門把。只鎖上密碼鎖，門鎖的安全鈕卻是未上鎖的狀態。雖然密碼沒有那麼容易猜中，但男子流暢的手部動作，仍讓女子籠罩在男子可能會一把推開門的恐懼之中。剛才為什麼不全部鎖上呢？後悔莫及。女子用拇指和食指緊抓住門鎖的安全鈕，灌注最大的力量，開始緩慢地、小心地向左轉動。男子持續按著密碼鎖。嗶嗶嗶嗶……嗶……嗶嗶……冷靜點……慢慢……慢慢……嗶嗶……慢慢……嗶嗶嗶嗶……

咔嗒。

安全鈕被鎖上的瞬間，冰冷的金屬聲響徹走廊。男子抬起頭，按密碼的聲音停止了。女子與男子隔著門對視。女子毛骨悚然，彷彿男子正盯著自己似的。不，那個人不可能看得到我。再怎麼反覆碎唸也沒用。比眼球更小的門眼，感覺卻像一片偌大的玻璃門。門外的男子似乎能把自己看得一清二楚。他好像發現了什麼，向門緩緩靠近。女子透過門眼原本渾圓、開闊的視野，逐漸變成男子的上半身、肩膀、臉……最後是烏黑的眼珠。男子目不轉睛地注視著門眼。

只隔著一道門的兩人臉貼著臉。女子感覺男子的睫毛彷彿碰觸著自己的眼睛；門外男子呼出的鼻息，似乎熱呼呼地襲向她的人中。她清晰聽見自己快得幾乎忘卻節奏的心跳聲。深怕這股聲音被門外的男子聽見，她緊咬下唇，緊握的門把滿是汗水，彷彿繼續握著就會融化一般。男子左右轉動眼珠，眨了幾下後才將臉移離門眼。接著，拿出手機摸了摸。他沒有打電話，而是轉眼消失在女子的視線內。隨著皮鞋聲漸漸遠離，耳邊也傳來電梯下樓的聲音。那陣聲音，猶如催眠術般，解開了女子原本使盡全力繃緊的全身細胞。緊繃感被解開的剎那，甚至有股倦意詭異地襲來。

*

女子在嘈雜刺耳的鬧鈴聲中睜開雙眼。她依然想著昨晚，不，是今天凌晨，與陌生男子隔著門相會一事。女子穿著睡衣走出門外張望，接著，站在走廊關上門。大門隨著提醒音效自動上鎖。女子像昨晚的男子一樣，先按門鈴，然後打開牛奶籃，只有一盒牛奶和一瓶養樂多，絲毫沒有男子留下的痕跡。女子打開養樂多，邊喝邊透過門眼看進屋內。有別於她的顧慮，從屋外完全無法透過門眼看進屋內，只能隱約分辨模糊光線和漆黑罷了。

姑且當男子是找錯目的地的路人之後，女子內心變得平靜。然而，依然有許多無法清楚解釋的部分。首先，假設男子在找的是自己工作的辦公室，說要回來加班，時間上似乎有些尷尬。再加上，辦公用的住商混合大樓，門上通常會掛著門牌。最重要的是，若是自己工作的辦公室，應該一開始就能順利打開門。然而，更不可能是找錯自己的家。既然如此，會不會是找錯朋友的家呢？可是，如果屋主沒有幫忙開門，應該會打電話或是表明身分要對方開門才合理。一直按門鈴與密碼鎖的男子，完全沒有這樣做。

推敲各式各樣的可能性後，女子甚至產生「會不會是自己在作夢？」的念頭。越是回想陌生男子找上門的畫面，越覺得不像現實中會發生的事，記憶也開始變得模糊。只是，隔著門眼靠向前的男子烏黑的眼珠裡，蘊含著「我要徹底看穿你的內在」的氣息。他的眼神，女子始終難以忘懷。女子回到屋內，側身躺在床上，凝視玄關大門。然後猛地起身，從剛才喝一半的養樂多蓋子上撕下圓形貼紙貼在門眼上。

*

女子在週末期間將凌晨的訪客和門鈴聲忘得一乾二淨。星期六時，她仍在努力遺忘；但一過完星期天，到了星期一，她全心忙著工作，完全沒有閒暇再想起那件事。雖然使用全新的防止垃圾訊息技術，垃圾訊息減少的數量卻不如預期。女子以比平常更迅速的動作處理留言。一方面對日新月異的情慾文字感到噁心，一方面也對垃圾留言者始終能避開被列入黑名單的詞彙，想盡辦法寫出理想內容的機智感到讚嘆。

女子停下移動滑鼠的手腕，鬆開原本打算按下「使用規範」鍵的食指，重新讀了一次自己正要刪除的留言。

女大生二十四小時在住商混合*公寓待命。為您提供最高品質的服務。

讓您放鬆享受情侶般的兩人世界。

女子拚命假裝遺忘而揉皺收起的回憶，此時頑強地重現。彷彿本來一片漆黑的房內被啪的一聲打開燈，從未見過的東西現身眼前。幾天前的那名男子，是為了性交易而來的。只要這麼推測，之前無法解釋的一切便變得容易理解。男子顯然找錯棟了。雙塔式的住商混合大樓只有入口處不同，兩棟的外型和結構一模一樣。起初搬到這裡時，女子也曾搞混Ａ、Ｂ棟而走錯地方。當時見到入口處坐著和平常不一樣的管理員而趕緊離開，但這樣的相似性已經足夠讓訪客搞錯。女子住的是Ａ棟1204號，而Ｂ棟的1204號說不定就是從事性交易的地點。她頓時有種拼上最後一片拼圖的感覺。

當天下班的途中，女子在地鐵站的入口發現數十張散落的黃色傳單。傳單上畫著滾石樂團的象徵：鮮紅而圓潤的舌頭圖樣。由於是相當知名的圖樣，也經常用來作為潮流單品的標誌。女子也有一件印著同款舌頭圖樣的連帽T恤。她彎下腰，撿起其中一張，接著皺起眉頭，原因在於寫在圖樣旁邊的字：

口爆房。美女隨時待命。最棒的服務。

口爆房，女子試著唸了兩、三次。為了迴避規定，而衍生出的變種性交易場所。女子想起自己和金先生相親前，曾經交往過八年的鄭先生。足以說是女子奉獻了二十多歲的全部青春歲月也不為過，一段相當深刻的關係。他，對於流行的性交易類型知道得非常多。女子至今仍記得，自己某次和鄭先生一起離開旅館的路上，他從地上撿起一張接吻房的傳單後，洋洋得意地說明的情景。

根據他的說法，接吻房就是字面上的意思，只能接吻的房間。如果想要進一步就要額外收費，但身邊很多朋友都炫耀自己曾靠著死纏爛打強迫對方性交，接受額外服務。女子隨即感到一陣反胃。不過，正如聞到惡臭而皺起眉頭的同時，莫名會想要再聞一次那股氣味的心情一般，女子強忍著噁心感，開始好奇發問。無所不知且樂於解釋的鄭先生，興奮地談起關於性交易的尺度與方式，以及為什麼叫作「摸摸茶」、「半套會館」、「全套會館」、「魔鏡選妃」等連命名都相當多樣化的性交易場所。由於中午時間的費用比較低，因此又稱為「Happy Hour」（歡樂時光），隨後還補上一句：「那個去Happy Hour的學長來回只花不到三十分鐘。」聽完這一切的女子，開始追問他為什麼知道得這麼清楚。鄭先生一臉委屈，喊冤表示：「全都是從上司和朋友口中聽來的，如果是自己的親身經驗，怎麼可能這樣侃侃而談？」女子不全然相信他這番說詞。

女子將原本握在手裡的黃色傳單撕成數片，撒落在地。撕成碎片的紙屑飄散於地上其他傳單的舌頭圖樣上。

*

門鈴又響了。這次是半夜十二點。已經知道訪客的目的，女子不再像之前那般恐懼。她撕開門上的圓形貼紙，透過門眼往外看。確認第二位訪客後，她更加肯定了。戴著黑色粗框眼鏡，搭配卡其色連帽拉鍊外套的男子，雖然與第一位男子的裝扮不同，行為卻如出一轍。走廊的紅燈直射男子的頭頂，他同樣焦急地一邊東張西望，一邊持續按門鈴。只有偶爾看看手機卻不打電話的行徑也一模一樣。儘管放任陌生男子在門外心裡多少還是有些害怕，但女子同時感到一股微妙的優越感。打算送錢上門的男子們，原來長得這副德性……原來是這種臉和這種表情……諸如此類的想法。

第二位男子造訪後，女子又為大門多裝了兩道鎖，連原本故障的影像對講機也修理好了。再也不想透過門眼和他們見面了。明明他們才是從事不法勾當的人，待在屋內的自己反而像罪犯一樣半蹲在大門前提心吊膽，實在太委屈。

凌晨的訪客總在快被遺忘之際又現身。每當門鈴響起，女子便透過影像對講機上的螢幕觀察男子。每個人都露出一副與人有約的表情，猶如被施了「這不是什麼大事」的咒語一般泰然、做著不想被他人發現之事時的羞愧、忽然酒醒而不知道是否該繼續的猶豫，即便如此，依然對於即將發生的盲目性愛感覺悸動，混合各種複雜情緒的臉孔。當影像對講機的鏡頭從正面捕捉到躊躇的男子臉孔時，女子便會用手機拍攝螢幕。等到他們放棄並轉身離開後，再將照片一一列印下來。

女子將印好的照片整齊地貼在床和衣櫃之間的牆面上，在空白處寫下簡略的男子容貌。最初的恐懼因此稀釋了不少。

10月2日11點39分　M字額、下巴鬍子、白皙皮膚
11月13日0點21分　黝黑、雙眼皮深、厚道
12月6日1點17分　就是個醜男

沉寂了好一陣子，門鈴再次響起的那天，時間偏早。尚未凌晨十二點，女子正在撰寫沒能在公司完成的年終決算報告。雖然距離上次已經隔了一段時間，卻也不那麼訝異。女子現在單憑門鈴聲就能區分上門的究竟是宅配人員還是嫖客。後者就如她透過觀察影像蒐集而來

的男子一貫表情那般，哪怕只是短暫「叮咚」的門鈴聲，都沾染著獨有的下賤感。

盯著影像對講機發亮的螢幕，女子似乎發現了什麼，猛地從椅子上跳起來。女子像個失魂的人，一邊凝視著螢幕，一邊遲疑地走向對講機。屋外站著一位男子。深藍色西裝外套、整潔的條紋領帶、覆蓋眉毛的半捲髮、稜角分明的下巴，以及熟悉的面孔。確實是和自己分了手的金先生。女子的思緒相當混亂。他怎麼知道我搬來這裡？女子又盯著螢幕看了一陣子。和牆上照片裡的男人一模一樣的面孔——正是那副表情。女子這才頓悟他不是來找自己的事實。

她不是沒有想過會看見認識的臉孔。只是，腦海浮現的是對各種性交易場所如數家珍的鄭先生，而不是金先生。儘管女子也想過或許終有一天會再見到金先生，卻從未想過會是這樣透過影像對講機的螢幕相見。

她想起和金先生一起度過的某個日子。那天，女子坐在金先生的副駕駛座上，聽著他高亢的聲音，說著飯店會在結婚典禮時鋪設既長又氣勢十足的紅毯，準備用作新房的公寓近期的房價，婚後會讓女子辭去卑微工作的承諾，一年後生一個兒子、兩年後生一個女兒——這些個人計畫。只要把頭向左轉就能看見，金先生堅信女子會對此感到欽佩萬分，那副自然且從容的表情。

女子不自覺地拿起影像對講機的話筒，尖銳而粗糙的回音響徹走廊。金先生一臉慌張地盯著鏡頭，察覺屋內有人，他開始叩叩、叩叩地敲門。敲完一次便偷偷回頭張望，又敲一次，再偷偷回頭張望。蠢蛋，不是這裡，是B棟。就算自己想錯也不自知，不懷疑其他的可能性，金先生真是一點都沒有變。

女子拍攝金先生的臉孔，將照片貼在床和衣櫃之間的牆面上。本來打算寫些什麼，最終還是將握在手中的筆摔落地上。應聲分離的筆身和筆蓋，在地板上來回滾動。和我交往期間也來過嗎？今天說不定是第一次？不，絕不可能。既然如此，又是何時開始的呢？交往的那段時間該不會傳染什麼病給我吧？說不定是喝了酒一氣之下跑來的？都論及婚嫁了才分手，有沒有想起過我？往返於正面與負面的思緒之間無數次後，得到的結論是：必須結束這個毫無意義的問題迴圈。女子在運動服外面隨便加了件外套，搭上電梯，目的地是B棟1204號。

*

隔壁棟比想像中來得近。不到五分鐘的路程。彷彿和第一位按門鈴的陌生男子隔著一道門相會時一般，女子的心臟開始激烈狂跳。究竟長得什麼模樣？是不是穿著一襲完全袒露胸部的細肩帶薄紗洋裝？想必房內會點亮一些詭異的紅燈吧？如果金先生已經進門了，我該怎麼辦？搞不好是個很可怕的女人？如果她打我的話，又該怎麼辦？如果她問我為什麼上門，該怎麼回答？沒有任何決定或計畫，女子按下門鈴。好奇著過去數個月折磨著自己的她的模樣，幾乎快要把女子逼瘋。

耳邊傳來B棟1204號的她的聲音：「哪位？」女子頓時心生恐懼，什麼話也說不出來。屋內的她用緊張兮兮的語調又問了一次：「請問是哪位？」女子這才以瑟縮的聲音說了句：「那個……我是從隔壁棟過來的……」之後便再也說不出任何話，留下駭人且漫長的沉默盤旋於一道門間。一聽見屋內傳出的聲音，女子便知道B棟的她同樣站在門前，透過門眼向外看。聲音顯然來自極近之處，而且充滿警戒心。令人窒息的沉默持續著。從屋外的圓形門眼看進屋內，一片漆黑。門眼不像是被堵住，而是像被鑽了一個無法預測深度的洞。女子的後頸豎滿雞皮疙瘩，開口用委婉的語氣說：「我們……能不能稍微談一談？」

從門內傳出乾咳聲，隨後門漸漸打開。微微開啟的門縫間，滲出些許亮光。就在此時，伴隨著「咔嗒」的金屬聲響，門無法再打開更多了——防盜鏈被扣上了。透過窄小的門縫，只見瞪得大大的單顆眼睛。與那顆眼睛對視的瞬間，女子的左手開始劇烈地顫抖，必須伸出另一隻手抓住不停顫抖的那隻手。那顆眼睛由下往上掃視走廊上抓緊顫抖的手的女子，隨後才終於解開防盜鏈，打開大門。

站在1204號房敞開大門前迎接女子的，並非衣衫不整的女體，而是調皮地露出門牙的滾石樂團圖樣：圓潤的嘴唇和舌頭。身穿運動褲，搭配印著滾石樂團圖樣的大學T的她，先一步開口詢問：「請問你昨天也來按過我家的門鈴嗎？」意外的提問反倒令女子慌了陣腳：「沒有，我第一次來。」B棟的她嘆了口氣後，接著說：「最近經常有奇怪的男人來按門鈴，所以我多裝了兩道鎖。」為了逃避眼前的尷尬情況，女子於是轉移話題：「最近我家都沒有收到宅配的牛奶，所以想說會不會送來這裡了……」B棟的她邊說著「不可能」，邊搖了搖手。大門開啟的角度此時變得更大了。她身後是女子熟悉的景象：石膏天花板、陳舊的廁所門、想盡辦法讓一切看起來乾淨一點的壁貼，以及沿著小燈罩向下流瀉黃色光線的立燈與單人床。B棟的她一察覺女子的視線越過自己的肩膀，打量著屋內狀況後，立刻一臉不悅地關上大門。1204號房大門被牢牢關上，沒有留下任何表情。

*

搬家公司的職員穿著鞋踏進屋內。偏偏是個下雪的日子。他們踩過的每一處，都留下了摻雜著融雪髒水的大腳印。

從旁靜靜凝視不久前才整理好的衣物、宅配的立燈、為了標示「從這裡開始才是廁所」而鋪的格紋腳踏墊等死命塞進這個小空間的生活用品，轉眼間被分門別類，打包送出門的光景。搬家，安靜而迅速地進行著。只有衣物被丟擲擠壓的聲音、撕扯膠帶的聲音、推車輪子滾動的聲音，填滿整個房間。女子吃飯完工作、工作完睡覺的生活，一口氣被收納成數個方正的箱子。正在搬運箱子的男子問：「牆上的照片是什麼？」女子答：「什麼也不是，放著就好。」

一個、兩個……箱子一一被推車載離。狹小的房間，蕭瑟而空蕩。為了遮掩天花板上的污漬而貼上的壁貼，或許已經耗盡黏著力，剝落的一半隨風飄盪。晨間的陽光滲透灰塵飛揚的屋內。等到太陽下山後，就要在另一個地方入睡了。女子將泰然、羞愧、猶豫，卻又蘊藏著些許悸動的男子那一張張愚蠢的臉孔留在雙塔式住商混合大樓A棟1204號房後，關上了門。

탐페레 공항

坦佩雷機場

我在被某人啪的一聲拍了肩膀一下的感覺中醒來。一睜開眼，正是列車剛經過新道林站之際。對面的人看起來也是一副睡到一半驚醒的呆滯神情。他的包包上，以及我的大腿上，都躺著一條綠色口香糖。

啪。再一次，啪。

一位身形嬌小的白髮老奶奶在列車走道上，手拿著紅色塑膠籃，以「要買就買，不買就算了」的方式，拿出一條條口香糖啪、啪地邊走邊丟。每個位置上都有一條。無論乘客正在睡覺或是醒著，統統公平地啪、啪地丟。有些人被丟在肚子上，有些人被丟到肩膀而抬起頭，有些人則在睡夢中被砸到脖子，因而咳了幾聲。那是所有人都身心俱疲的下班時間的地鐵。

老奶奶走到車廂盡頭後，又掉頭往來時路走去，貌似要收回剛才扔出的口香糖。有時只能原封不動地拿回口香糖，有時拿回的不是口香糖，而是兩、三張千元紙鈔。即使是這種時候，老奶奶也不會鞠躬致意或說聲謝謝，只是像「完成今日工作」一樣，從乘客手中搶過紙鈔便離開，宣示著「我不是在乞討」的模樣。被她微妙的理直氣壯氣勢震懾，我買下了口香糖。

口香糖的包裝紙上，端正地寫著幾個粗體字：**白樺製成的芬蘭產木醣醇**。白樺、芬蘭、木醣醇，不知是否因為寫在上面的這幾個詞彙，我頓時感覺自己收到沾附著來自未曾造訪的異國冷風的信。打開後，八顆扁圓形的口香糖被整齊地裝在透明包裝內。我用拇指按壓其中一顆口香糖，撕開包裝。口香糖一放入嘴裡，沁涼清爽的氣息隨即在口中擴散，耳根下側開始分泌唾液。霎時間，才發現自己用錯了「未曾造訪的異國」一詞。其實，我去過芬蘭。關於這件事，我從未向任何人提起。

＊

六年前的夏天，我曾在芬蘭一個名為「坦佩雷」的小城市轉機。雖然目的地是愛爾蘭的都柏林，但找得到的最便宜機票必須經由芬蘭轉機。抵達轉機的坦佩雷機場時，已經深夜接近凌晨十二點。然而，占據整片牆面的落地窗外，卻亮得像大白天似的。這是我第一次體驗永晝。當下我才終於體會到自己來自另一個遙遠國度的事實。

我計畫在都柏林打工度假三個月，直到暑假結束。除了準備開始嶄新生活的興奮，也同時交織著「只要一切如期進行就好」的平穩心情。下定決心去打工度假的原因，嗯……每次回想都覺得很心酸。名義上是因為自己的志願是紀錄片製作人，實際上卻是直到畢業前一個學期，才意識到自己從未出過國，似乎成為不夠資格進入社會的一大原因。就業博覽會上的就業諮詢師問我，是否聽過「跑在就業前線」這個說法。他說，如同字面所示，這是一個戰場，而我還沒做好衝鋒陷陣的準備。換句話說，我需要更多的準備。他說，像製作人這種競爭激烈的職業，我的履歷、學校、學分都太一般了。最後，他說雖然我的英文成績偏高，但最近很多人都能達到這個程度，完全不算亮眼。

我先休學了。暫時沒有能力去遊學，因為身上還背著學貸。不能花錢，而是一邊賺錢一邊體驗國外生活，趁著還年輕出去闖蕩吃點苦，並把握這個機會提升英文實力……懷抱著這些期待左右尋思後，想到了常見的「打工度假」。我跑了幾趟旅行社和遊學中心，忙著到處開立證明文件並準備申請簽證所需的東西。幾次失敗後，終於找到在當地的工作，並在一個學期內賺足了機票錢。對我而言，這雖然是費盡心思後的決定，重大的挑戰，人生的特別事件，但直到全部準備好時，我才發現我不過是做了其他人都曾做過的事情而已，不過是跟隨流行的一份子，不過是完成了準備工作，這多少令我感到有些淒涼。

坦佩雷機場的規模很小，與其說是機場，它的氛圍更接近客運站。扣除進行出、入境事務的空間後，乘客的候機大廳只有一間咖啡廳、一間餐廳和一台自助服務機。而且因為已是深夜，全都早早關門了。我坐在大廳的長椅上，抬頭望向條列著航班號碼與抵達時間、登機門的顯示幕。我要搭的是預計五個半小時後起飛，前往都柏林的航班。簡單來說，除了殺時間，沒有其他事情可做。我拿起放在鄰座的報紙，攤開閱讀。全是我看不懂意思，但「點」特別多的字母。我曾經在紀錄片裡看過韓文和芬蘭文的文法其實很相似一事。我試著邊看報導上的照片，邊推敲其中的意思，慢慢往下讀。就在此時，忽然有人啪的一聲拍了我的肩膀一下。我下意識地轉頭。

「對不——起，我——嚇到——你——了吧？」

有位老人以沒有起伏的聲線，說英語向我搭話。乍看之下，應該是位年紀很大的老爺爺。包含額頭和眼角，整張臉滿是皺紋。淡淡的老人斑密布整張臉，甚至延伸至稀鬆的髮絲之間。儘管他以極緩慢的呼吸頻率說話，卻仍然顯得有些吃力，老爺爺淺淺地喘著氣。

「沒關係。請問您有什麼事嗎？」

我邊回應，邊觀察老人的臉。老人擁有一雙綠色眼珠，但似乎有些異常——無法辨別他的視線正看向哪裡。好像在看我，又好像沒在看我。老人的視線似乎不在我身上，而是動也不動地固定在我身後的顯示幕上。他翻了翻外套口袋，將自己的機票遞給我，接著依然以緩慢的聲調，吃力地說：

「我——幾乎——看不——見。你——可以——幫——幫我嗎？」

我接下他遞過來的機票。是一張前往赫爾辛基的機票，必須再等四個小時。

「你的航班四個小時後起飛，要在這裡等一下了。」

老人彷彿頓悟了什麼，眨了眨深邃卻沒有焦點的雙眼，嘆了口氣。我的內心莫名有些不舒服，收拾好登機箱和隨身行李後便起身。坐著的他，注視著我的肚子問：

「你——搭幾——點——的飛——機？」

我的航班是五個半小時後起飛。

老人動員了臉上每一條皺紋，燦爛地笑著說：

「喔——那真——是——太好了。」

離開機場大樓，去附近散步一圈。聽見來自韓國的我是第一次出國旅行後，老人提議這麼做。他的論點是：「如果候機期間都待在機場裡，就不算到過芬蘭，但只要走出室外的話，以後不就能說自己到過芬蘭了嗎？」對於我只是在芬蘭轉機一事，身為芬蘭人的老人似乎有點傷心。

「他能好好走路嗎？」有別於我聽完老人的提議後內心產生的疑慮，老人輕盈地拄著拐杖，走得很好。總是拖得長長的說話方式，聽著聽著也已經適應。老人持續地說一句話、喘一口氣，再說一句話、喘一口氣。老人先向我傾訴了自己的故事：他年輕時曾是攝影記者，退休後選擇成為攝影作家；兩年前病倒後，漸漸失去視力；不能再像以前那樣拍照的確很悲傷，但很慶幸仍有許多人願意向他伸出援手。

「今——天也是——有位——這——麼親切的——淑女幫——了我。」

他說英語的速度非常慢，很容易就能聽懂。不過，數度不理解老人的話的我，仍會詢問他能否再說一次。當老人說起自己曾參與第二次世界大戰時便是如此。

「嗯？可以請您再說一次嗎？您說的是第二次世界大戰嗎？」

我沒有聽錯。我以最快的速度在腦中計算。如果他說的是真的，那麼老人最少九十歲，多的話都要一百歲了。和參與過第二次世界大戰的老人在亮得像白天一樣的夜晚一起散步，莫名令人感覺超現實，宛如走進架設著明亮燈光的攝影棚。

走了一陣子後，肚子開始咕嚕叫。我原本以為聲音很小沒人聽見，沒想到老人竟聽著那聲音大笑道：

「要——坐一下嗎？」

樹幹雪白的白樺樹團團圍住機場。在飛機上俯瞰仍是翠綠一片的土地，一降落地面便立刻變成白色，讓人不禁想到從不同方向翻弄天鵝絨的畫面。我找了一張樹下的長椅坐下。

老人從包包裡拿出一個紙袋，又從紙袋裡拿出一個扁圓形的黑麥麵包，遞給我。可以什麼都不管就吃下初次見面的人給的東西嗎？這個想法只維持了一下子，被濃郁的香氣挑起了飢餓感，口中開始不自覺地分泌唾液。距離最後一次吃的飛機餐，已經過了半天時間，肚子早已餓到極點。我接下麵包，咬了一口，頓時驚訝得不得了。咀嚼著嚼勁十足的內餡時，嘴裡嚐到的顯然是米飯的滋味。麵包裡居然有飯？而且竟然如此美味？想起最初老人提議共度候機時間時，自己還不太樂意，現在忽然覺得有些歉疚。老人以比說話速度更慢的速度嚼著麵包。我好奇身體欠佳的老人為什麼要千辛萬苦地搭飛機出遠門，於是開口問：

「話說回來，您為什麼要去赫爾辛基？」

「我——要去同——學會。對我來——說，這是一——整年最——重要——的行程。」

「原來如此。」

「我總——是抱著——這是最——後一次的——念頭——去參加。」

一年一度的同學會期間，總會收到一些訃聞。他說，正因為這樣，出席的人數逐年減少。說起如此可怕的事情，老人倒是神色自若地呵呵大笑。這次輪到老人問我了，他的問題是：「畢業後想要從事什麼工作？」我說想要成為紀錄片製作人。老人不知為何顯得相當雀躍，表示自己失去視力前也很喜歡看紀錄片。

「你從——什麼時——候開始——喜歡紀——錄片？」

「不知道耶，是從什麼時候開始的呢……」

試著追溯回憶，我在回憶的源頭看見了一個盤子，白色、閃閃發亮的、大大的盤子。盛行裝置衛星電視的九〇年代中。就是從那時候開始的。

那個年代，無論走到哪裡，家家戶戶都裝著一個盤子狀的衛星訊號器，就像現代人的必需品一樣。當時我唸國中。每次放學，獨自回到空無一人的家裡後，總是以在制服裙裡多加一件運動褲的奇特裝扮，甚至也沒取下掛在手腕上的鞋袋，便馬上放鬆地躺在客廳地板上，打開紀錄片的頻道。除了國家地理頻道的大自然紀錄片，還會反覆重播各種熱門的國外紀錄片。在沙漠、北極、叢林裡邁步前進的拍攝手法，以及猶如造物主般的配音員聲音……這一切似乎就是讓我深深著迷之處。像是《地球大紀行》、《絲路》之類的紀錄片，看完一次，還要在重播時再看一次又一次。不僅熟悉脈絡，連旁白都幾乎倒背如流。

家長通知書上的「我的志願」一欄，我永遠寫著「紀錄片製作人」。一年級的時候是，二年級的時候是，三年級的時候也是。自從迷上紀錄片後，同齡朋友在我眼中看來都像是傻呼呼的小孩，看著他們生活紀錄簿上的「我的志願」從醫師變成護理師，再從護理師變成建築師，每年不斷更改的行徑實在幼稚得讓我忍無可忍。唉，他們有看過《地球大紀行》嗎？他們明白萬物、明白人生的真理嗎？我覺得自己就像全校最成熟的人一樣，目空一切，同時也百無聊賴。

莫名感到緊張，我張開嘴。這種時候尤其不想用錯英文文法，先在腦海中思索著句子，許久之後才開口說：「我從很久以前就喜歡紀錄片了。」「這是我真正想做，也是唯一想做的工作。」

「陷——入愛河——了。」

「是啊，愛上了。或許吧。」

老人說：「以後等你成為紀錄片製作人，一定要再來芬蘭拍極光。」接著又堅定地補上一句：「絕對要等到冬天的時候再來。」他說像現在這麼亮的永晝是看不見極光的。再再囑咐我等到寒冬的時候，等到天空變得一片漆黑的時候，一定要再回來這裡。我邊答應他，邊想起曾在紀錄片中看過的極光。踩在腳底下這顆恆遠的星球上，眺望燃放似的朝向此處而來的光柱；彷彿靜止，卻又在轉瞬間溜向遠處的繽紛光線。此刻我腳踩的這個地方，或許也會在一個又一個即將到來的夜晚裡，留下極光蕩漾的痕跡吧。

當我出神地仰望著似乎不會變黑的亮白天空時，老人翻了翻外套口袋，掏出一樣東西——即可拍相機。老人說，自從視力開始變差，就索性改用不需要親自沖洗照片的即可拍相機。他邊說想用那台相機為我拍照，邊捲動底片。我下意識地整理起頭髮和服裝。他對著我按下快門。喀擦。聽見快門聲的我，突然也好想拍照。取得老人的同意後，我也用揹在肩上的DSLR數位單眼相機為老人拍了一張照片。聽見我的快門聲後，他說：

「現——在回去——機場吧。飛機——也——該來——了。」

一回到候機大廳，老人便打開手提袋，東翻西找了一番後，拿出一本大大的素描本和麥克筆。接著，請我留下住址。老人表示等照片洗出來後，會郵寄給我。他說，只要字寫得夠大，就能透過弱視者使用的閱讀器辨識我的字。簡單來說，對老人而言，素描本和麥克筆就是筆記本和原子筆。我善用自己為廣電社招募新社員時撰寫大字報的能力，寫下巨大的住址。聽著我用麥克筆一筆一畫寫字的聲音，老人隨之綻放笑容，臉上的皺紋變得更加皺巴巴了。

我帶領老人前往其航班所在的登機門。

「您只要在這裡等三十分鐘。聽見服務人員廣播時，就可以登機了。明白嗎？」

老人重複說了幾次「沒問題」，不斷揮舞手背示意我趕快離開。就在隔壁登機門辦理手續的我，在視線能看到老人的最後一處轉身回望。即使根本不可能，但老人就像也正在望著我似的，將臉朝向我。

為期三個月的打工度假，一轉眼便結束。我在距離都柏林約兩小時火車車程的一間鄉村復健中心度過了三個月。那是讓身體不適的老人接受復健治療，並為失智老人提供飯店式服務的療養院。我負責每天的客房清潔工作。上午忙著用吸塵器打掃、拆掉舊床單及被單並鋪上新床單和被單後，不知不覺就到了午餐時間。回到復健中心為員工準備的宿舍，簡單做點料理當作午餐後，再將使用過的床單和被單拿去清洗、曬乾、收拾、摺好。每天不斷重複做著這些事，在打掃和洗衣服、洗衣服和打掃之間，順利過完每一天。

置身本來就很陌生的環境，自然沒什麼和人說話的機會，起初確實有些孤單。雖然染上了濕疹，但也賺了很多錢。等到稍微適應這樣的生活後，我才開始和來自歐洲各國的同事建立淺淺的情誼，週末時也會去都柏林或高威之類的地方小旅行，將異國風景與大自然盡收眼底。時不時能以數位單眼相機替不同人種的同事拍照，我難免有些興奮。當我將從韓國帶來的便祕藥分給因吃不起高價蔬菜而整天吃麵粉製品，出現便祕問題的同事時，除了聽到他們高呼「韓國藥最厲害」的讚美，我甚至還得到「亞洲南丁格爾」的綽號。當聽見他們說我特地準備食材做的海苔飯捲「好吃極了」，以及我獨自絞盡腦汁想出的英語笑話逗得同事大笑時，我都覺得很開心。

偶爾也會突然想起在機場相遇的老人。當知道一起工作的同事是芬蘭人時，當打掃房間發現弱視者專用的閱讀器時，當替療養院裡年紀大得瀕臨死亡的老人打掃房間時，當無意間從數位單眼相機裡近期拍攝的照片往回看，看到自己拍攝的第一張照片是老人的臉孔時——始終像初次相遇時，他冷不防地輕碰我的肩膀一樣。

再次回到韓國的那天，踏入家門前，最先迎接我的是落在信箱底部，來自芬蘭老人的信。只相處了四個多小時，卻覺得自己和芬蘭老人比共事長達三個月的都柏林同事更親近。他一結束赫爾辛基的小旅行後，立刻寫了信給我。我很好奇他的同學會如何了？會不會因為出席人數又比去年少了些而感到悲傷？回程時是否自己一個人搭飛機？懷抱著彷佛將老人擱置在門口等待了三個月的心情，我急忙撕開信封。

信封裡裝著老人祝福我旅途平安的簡短手寫信、印著極光照片的空白明信片，以及我的照片。那是我們分開前，老人用即可拍相機替我拍的。構圖自然地截至腰部附近，並在我的頭頂空出適當的留白。即使老人曾經是攝影記者，但一個連前方都看不清楚的人，竟然能將構圖掌握得這麼好，實在令人相當訝異。我打開書桌的第二個抽屜，拿出一綑膠帶。將剪成手指長度的膠帶捲成圓柱狀後，在書桌前的窗框邊貼上極光明信片。弄好後，每次看到明信片時，心情似乎也跟著好了起來。

最後一學期的開學日，我打算在上學途中去趟學生會館，買信紙和郵票，一下課就到圖書館去寫要給老人的回信，並在回家路上把信投進學校正門的郵筒。計畫是這樣沒錯，只是，開學第一天的第一堂課我就遲到，根本沒空去學生會館。第二天，太晚才在選課時得知自己少了一個畢業必修學分，又是打電話並寫電子郵件給學務組，又去教授研究室求情，整天忙得焦頭爛額。第三天，終於買好信紙，忽然覺得應該直接去郵局寄而不是投郵筒。但若要這麼做的話，必須在四點半前抵達郵局，於是又延到了隔天。

最後，我整個學期都沒有把信寄出去。

此外，整個學期都在不停寄申請書到電視台應徵新進製作人的我，統統都在書面資料審查這關就被淘汰。我從不知道製作人的錄取名額這麼少，也不知道想要當製作人的人這麼多。如果面試後才被淘汰多少還能理解，單憑申請書就換來不錄取通知，完全不明白自己被淘汰的原因，著實令人鬱悶。是不是因為不只學經歷，而是連國、高中的學習資料都一併列入審核條件了？我又想，如果真是如此，難道不該給整整六年都在學習資料的「我的志願」一欄寫著「紀錄片製作人」的人一次面試機會嗎？

後來也只面試了一次，一個專門介紹釣魚的有線頻道。儘管通過書面資料審核與筆試，甚至還進入面試階段，卻因為沒有讓主考官留下太深的印象，所以也被淘汰了。關於自己答不出任何話的最後一道問題，直到面試結束後，依然在腦海中盤旋：

「你認為淡水釣魚和海釣的最大差異是什麼？」

期末考近在眼前，我將要寄信給老人一事徹底拋在腦後。

那是我在圖書館讀完書，算準末班車的時間回到家時。準備開始念書，我坐在書桌前，看見之前貼在窗框上的極光明信片。我早該回信的。渾渾噩噩地虛耗後，才發現收到老人的信已是半年前。芬蘭的天氣想必變冷了吧？過完整天亮得像大白天的日子，現在想必已經是整天黑漆漆的日子了吧？那裡有極光嗎？老人在等待我的回信嗎？

光是想起「信」這件事，就足以讓我的胸口像噎到般喘不過氣。隔天的考試，是左右學期成績將近百分之七十的重要考試。這科必須拿到A，才能扭轉平均學分的第一位數字。所以，寄信一事之後再說吧。現在必須專心。我迅速撕下明信片，「唰——」將明信片從背面一舉撕下。捲成圓柱狀的膠帶依舊黏在窗框上，膠帶上只留下白白淺淺的紙張殘跡。我拿出信封，將極光明信片放回信封裡，收進抽屜。

對啊，我從來沒有承諾過會回信。收到信這件事已經夠有意義了，況且老人說不定早就把我忘得一乾二淨。反正已經遲了，我決定等到之後有空的時候再說。這麼一想，心裡才稍微舒坦。我努力忘記關於信的事。

畢業後，我任職於一間外包的製作公司。我判斷這麼做除了可以接觸製播相關領域的工作，也能對下次應徵電視台的公開招募有幫助。許多員工都和我抱持相同的心態。或許因為這樣，大家的工作模式幾乎無異於義工。雖然整體而言領著和兼職時差不多的薪水，但由於需要不停地工作，無法回家，所以時薪算起來比兼職少很多。我覺得回去做兼職似乎還比較好。

讓我感到更難受的一點，是有些時候會覺得自己的工作很寒酸。我的工作主要是製作早上節目中的十分鐘單元，通常是拿著六釐米攝影機跑來跑去，按照編劇寫的劇本及吩咐拍好影片，再進行剪輯。在這個名為「尋找全國創始美食餐廳」的單元中，我最常說的是「請問味道如何？」、「當我喊『cue』的時候，就說好吃」之類的話。當鄉下的老人家稱呼拿著六釐米攝影機的我為「導播」時，我不免感到羞愧，同時卻也有些開心。

就在薪水被拖延了兩個月之際，爸爸病倒了，媽媽於是開始工作。減少外包製作公司的工作並增加兼職比重的我，終於找到一份全職工作。雖然不是什麼大企業，卻也是以安定聞名的食品公司企劃組。至少能將輔修的經濟學學以致用，朋友都相當羨慕我。當我收到最終錄取通知的訊息時，約莫是晚上十點。媽媽說她聽到這個消息後，趴在爸爸沉睡的六人房病床上悄悄地哭了。

我在工作合約上簽名的那一瞬間，原本以為會有些失落，反而完全相反。我是真的、發自真心地覺得快樂。什麼電視台，什麼製作人，我已經厭倦了。取而代之的是四大保險，還有獎金、加班費、年假、實支實付型保險之類的詞彙，令人感覺如此暖呼呼、軟綿綿。等到完成職前訓練成為正式員工後，公司還會補助家屬的醫療費用。爸爸可以拿這筆錢去做手術了。

結束新進員工的訓練，之後又有新進員工入職時，再進行同樣的訓練；偶爾的公司聚餐，偶爾在年終結算季時加班，然後和主任介紹的男人交往兩、三個月又分手……這樣的日子，中規中矩地持續著。直到畢業六年後，終於還清學貸的那天，我在一間知名的烘焙坊買了一塊小蛋糕。關上房門，關上燈，用筆電播放《北極的眼淚》DVD。背景奏起早已聽過無數遍的耳熟音樂。我將裝著蛋糕的盤子放在螢幕光線映成的矩形內，一口、一口慢慢吃著蛋糕。觸及舌尖的鮮奶油，好甜。

*

加班途中，我去了趟公司附近的餐廳。在電視晚間新聞畫面的下方，看見正在招募新進製作人的跑馬燈字幕一事，是一個星期前。

那天，我在公司茶水間用熱水泡了杯即溶咖啡，隨後一直攪拌至完全冷卻，原封不動地倒進流理台，回到自己的座位。打開瀏覽器，輸入電視台的網址後，按下確認鍵，隨即跳出「公開招募新進製作人」的視窗。辦公室裡空無一人。起初完全沒有這麼想過的我，竟在不知不覺間開始填寫履歷和自傳。

好久沒有寫履歷了。B女子高中廣電班幹部、I市青少年影像公開賽銀牌、C大學廣電社副社長、愛爾蘭打工度假、M製作公司任職、D食品管理支援部門在職。沒有其他資歷了嗎？公認的英文檢定成績已經過期很久。我思索著究竟還有什麼可寫，寫下ACA國際證照[1]、MOS國際證照[2]後就沒有得填了，履歷看起來十分空虛。我先寫下「小型車普通駕駛執照」後，又把它刪掉。

自傳共有五題，無論六年前或現在，都是一樣的題目。「請敘述自己非要成為製作人不可的原因」、「請敘述人生中最具挑戰性的經驗，以及經歷這項經驗的感想」、「請敘述至少三項曾經發揮過領導能力的經驗」，其中最讓我難堪、答不出話的題目是這個：

「請敘述人生中最後悔的經驗與原因」。

我愣愣地注視著螢幕白色背景上閃爍不止的游標，闔上雙眼，嘗試在漆黑中看見又看不見些什麼。整顆頭刺痛著。我關閉瀏覽器的視窗，蓋上筆電螢幕。下定決心，再也不去點開那家電視台網站。

*

一下班，我立刻將已經完全失去甜味的木醣醇口香糖吐進垃圾桶，隨手將外套和包包扔在房間地板上，目光轉向放置書桌的窗戶那側，貼在窗框上的膠帶映入眼簾。

膠帶上薄透的紙張殘渣，述說著那個地方很久以前曾貼過一張明信片的事實。被隨意撕下後殘留的紙渣沾滿灰塵，耗盡黏著力的膠帶也搖搖欲墜，卻依然貼附在原位。我凝視著紙張殘留在膠帶上那扭曲、骯髒的痕跡好久、好久……

我其實一直都知道。即使不確定那是否是人生中最後悔的事，但關於人生中後悔的事情之一究竟是什麼，我一直都知道。儘管我拚命假裝自己早已完全擺脫，卻始終堅韌地貼附於內心某處，再怎麼撕除也依然頑固地殘存著，弄得我渾身不自在的那樣東西。對於要再次拿出那樣東西，我需要更大的勇氣。拿出來後，就連一眼都很難專注直

---

1 Adobe Certified Associate，涵蓋影像影音處理、網頁設計之能力。

2 Microsoft Office Specialist，涵蓋處理各種文書文件應用程式之能力。

視的那樣東西，我一直都知道。

我緩緩打開第二個抽屜。拿出存摺和護照，再拿出墊於其下的兩本筆記本和一本書。接著，在最底部看見了芬蘭老人寄來的信封。

腦海一片茫然。雖然我一直都知道信封放在那裡，但實在太過久遠，我甚至完全記不得信封裡究竟裝了什麼、信裡究竟寫了哪些內容。不只是因為時間過了很久，而是我從某個時間點起，便將收過老人的信一事當作沒有發生過。於是，內心越這麼想，似乎就真的越像沒有發生過一樣。我不清楚原因為何，但或許是……想起他或許已經死亡的可能性。一年過去，兩年過去，計算著老人現在大概幾歲的我，只能頻頻搖頭。萬一老人真的已經……萬一我知道了這件事……我太過歉疚，不可能承受得住。

我拿出信封，將打開的信封口傾斜朝下，裡面的東西咚的一聲掉了出來。背面被撕破的極光明信片，以及六年前的我的照片。我拿起照片，照片中的我留著現在絕對不可能嘗試、也早已退流行的眉上齊瀏海。我曾是這副模樣嗎？雖然俗氣，倒也滿可愛的。天啊，照片裡的我沒有法令紋。

然而，澎起的部分不只有照片裡的我。我感覺手中的照片異常僵硬，不以為意地將照片翻到背面，發現背面還夾了一層厚厚的紙。那是用很多「點」的字母寫成的內容，我看不懂。如果只看圖片不看文字的話，可以看出那是從麥片盒裁下來貼上去的。為什麼要貼這個？我拿起信封，再次翻看，發現了之前沒有見過的東西。在左上方寄件人地址與右下方收件人地址之間，寫著一行呈對角線的文字，非常模糊。不同於填寫地址的筆跡，這或許是用鉛筆寫的吧，看起來就快要褪色了。我將信封拿得更近一些，沿著對角線讀出那行文字：

請勿摺疊（內有照片）

這就是所謂的「苦心」嗎？老人似乎很擔心照片會在歷經漫長路途抵達地球另一端的途中折損。我想像著老人用剪刀剪開麥片盒，再用膠水將這個東西牢牢貼在照片背面的模樣。永晝的夜晚，坐在微弱卻飽滿的陽光灑落的窗邊，拿著剪刀和膠水慢慢來回摸索著的，老人皺巴巴的手。

一直壓抑的眼淚瞬間潰堤傾洩。即使哭了很久，也無法平靜下來。心猶如漂浮於水面一般，動盪不止。我攤開從信封裡拿出來的信。「致用力寫字的，勇敢的韓國淑女」。原來寫了這樣的內容啊……我像個初次見到這封信的人一樣，開始閱讀老人的文字。一行、一行往下讀時，難以名狀的歉疚，不斷化作淚水灑落。信的最後除了「保持聯絡」外，還寫著十三個數字。老人為什麼要留下自己的電話號碼？我為什麼連這個都不記得？到底為什麼？

我一時衝動，拿出手機輸入信裡寫的電話號碼，按下通話鍵。每當持續的撥號聲響起一次，我拿著手機的手也跟著瑟瑟顫抖。怎麼辦……有人接起電話了。一個微弱而緩慢的女人聲音，說的似乎是芬蘭語。我深吸一口氣後，詢問對方是否懂英語。這次輪到她用英語詢問我是誰。我低頭看了看信封上的名字，Yarn，原來老人的名字是Yarn。

我問：「請問Yarn在嗎？」

話筒另一端傳來我聽不太懂的聲音說：

「He——is——lxxxing.」

「什麼？可以請您再說一次嗎？」

「He——is——lxxxx——ing.」

lxxxing……是living（活著）？還是leaving（離開）？離開去哪裡了？我用顫動的聲音問：

「可以請您……再說一次嗎？」

「He——is——sleep——ing——！」

他在。他正在睡覺。我哽咽地說：

「我是韓國人，六年前曾經在坦佩雷機場見過Yarn。」

對方以開朗的聲音答道：

「喔！我記得你。我是Yarn的太太。我聽過你幫助他的事。謝謝你。Yarn馬上就會起床了，等等我會在吃早餐的時候告訴他這個值得開心的消息。」

我一而再地向她確認信封上的住址是否正確後，才終於掛上電話。老人還在。他的名字是 Yarn。他和妻子會吱吱喳喳地分享事情，會吃早餐，也會賴床。

我擦乾眼淚，拿出手邊最大本的筆記本和麥克筆。接著，用巨大的字體，開始撰寫拖延又拖延的一封信：

Dear.

後記

首先，介紹幾個彩蛋。在〈工作的快樂與悲傷〉中，兩個角色的手機同時響起的是「薪水入帳」的通知；在〈第一〇一次的履歷與第一次的上班路〉中提及的主角年薪，是發表這篇作品時，知名求職網站上顯示的女性新進員工平均年薪；在〈凌晨的訪客〉中，關於訪客的外型描述，如實地採用了我知道的實際人物外型。

*

收錄於本書的各篇小說，都是我於在職期間發表的作品。

仔細回想，距離第一次踏入職場，已經過了整整十年。恰如〈工作的快樂與悲傷〉中，Anna擁有趙成真、龜蛋擁有烏龜、Kevin擁有樂高，而我，擁有的是小說。領到薪水後，我會買小說、訂閱藝文雜誌、參加收費講座。偶爾，我會請年假或半天假期寫小說。感覺有壓力時，透過閱讀與創作小說獲得慰藉；相反的，當怎麼死命掙扎也寫不出小說時，我會在一分耕耘一分收穫，能看見實質成果的公司工作中得到安慰。

寫小說，是我一直以來隱瞞了好久、好久的祕密。雖然如此喜歡，卻又異常地感到害羞。思考關於小說的事時，我總會因為某人在耳邊說：「你在寫什麼小說？你在寫小說喔……」然後哈哈大笑而感到悲傷。因此，關於寫小說這件事，我甚至隱瞞了最好的朋友和家人。一想起自己和最珍惜、最喜歡的人們一邊嘻笑喧鬧，而他們卻對我來說極為重要的一部分渾然不知時——雖然是咎由自取——依然感到寂寞無比。

以小說家的身分出道後，最新奇的事情是，再也不是獨自一人寫作，獨自一人閱讀，而是哪怕只是多一個人也好，都總有人接觸了我的文字。雖然有點害怕，卻也是我一直以來的願望。感謝在那個地方，在那個我所能觸及之處的讀者們。深深感謝運用了我所缺乏的專業與沉穩一起製作本書的全盛依編輯、為我真心誠意撰寫評論的印雅瑛評論家，以及為我熱情寫下扎實推薦文的鄭梨賢作家。在此，也向唯一一個知道我的祕密、讓我懷抱美好夢想、永遠是我第一號讀者的維碩致上謝意。

為了編寫這本書，我嘗試聚集起以前寫的小說，才發現大部分的人物——不只主角，甚至連互相爭執、對立的人物——都與我存在某種面向的相似。不過，當被問起「這是作者本人的故事嗎？」時，我會回答「不是」。我是個膽小、顧慮很多，甚至連自己都不太相信的人，而我創作的故事，卻比我更堅強，比我走得更遠。看著那些背影，我才終於下定決心開始相信自己。

隨著第一本書面世，我其實想過「以後會一直寫這種小說」的帥氣宏願，或者至少表現出「我想要寫這種小說」的小小願望。然而，我絞盡腦汁思考，除了「我想一直寫下去」、「我想嘗試著一直寫下去」的心，真的別無他想。

無論是什麼都好，我只想成為能夠一直寫下去的人。

二〇一九年　秋

張琉珍

解析
覺知的革命

印雅瑛（文學評論家）

1

張琉珍的小說是這樣說的：「我是為了讓閃亮姊學個教訓才這樣做的。要讓她知道這個世界的運轉原理究竟是什麼。付出五萬元，就該回收五萬元；付出一萬兩千元，就該收到一萬兩千元的祝福。她可能不懂吧？但這世界就是這樣的地方。」〈從此好好過生活〉。這個世界確實地運作著，是付出多少就收回多少的地方，是只會付出剛剛好分量的地方，是不折不扣地計算加與減的地方。長大成為合乎邏輯的大人後，驅使著將利益視為目標的資本主義社會，這成為張琉珍小說世界的基礎。個人必須在這個無孔不入的體系裡生存下來，又哭又笑地煩惱著工作、感情、金錢、興趣、人際關係、性別暴力之中生活。例如：在充滿性別歧視的公司架構內與同期入職的男性結婚的女性上班族（〈從此好好過生活〉）、在新創公司任職並追求工作與生活平衡的「事實老么」員工（〈工作的快樂與悲傷〉）、身兼百貨公司經理並初次置產的無子女已婚女性（〈援手〉）。這些渺小而平凡的個人，究竟該如何在資本主義體系的複雜網脈中生存？這個問題，造就了張琉珍的第一本小說集。

然而，本書中卻沒有韓國文學長久以來維護的內在真實性與膨脹的自我，取代原本的深層憂鬱與抒情位置的，是正確且客觀的自我意識、迅速而輕快的個體實踐，與懂得珍惜生活小確幸的心。相較於沉浸在情感之中，輕鬆且機敏地付諸行動的個人，並不特別傑出，也不特別落後。他們不是懷抱偉大理想的職場女強人，也不是挺身與龐大結構抗爭的正義鬥士；換句話說，他們並非無法適應這個社會而飽受煎熬所苦的人們，而是睿智地明白勞動與日常的界線，理解工作的快樂與悲傷，在這個時代裡，最普通的我們。兼具對資本主義體系的正確理解，對生存與生活的卓越感受，以及捍衛人生質量與幸福的自覺，張琉珍小說裡清新而坦率的個人，正是當今韓國文學的全新面目。

2

張琉珍的第一本小說集中，身負獨特設定的登場人物是生活在韓國的平凡二、三十歲上班族。這個統合的普通上班族，為了追求工作、感情、閒暇之間的平衡，熾熱且踏實地經歷了一個韓國青年會經歷的各種事情。不妨試著從這種角度看待這個現身於不同篇目中的青年，將本書視為跨越層層障礙後，蛻變升級的年輕上班族的成長紀實。

在〈坦佩雷機場〉中準備就業的大學生，想必就是一切的起點。選擇在畢業前夕的暑假前往都柏林打工度假三個月，志願是成為紀錄片製作人的那個主角。無論經歷、畢業學校、修習學分統統都平凡至極的「我」，是個相當清楚自己的條件與價值在就業市場裡會被如何標記的人。礙於學貸而選擇打工度假來取代遊學，雖然是項艱鉅的挑戰，卻也不過是在就業競爭中未能通過最基本門檻的殘酷現實罷了。然而，幸好在為了前往都柏林而在坦佩雷機場轉機時巧遇芬蘭老人，「我」才得以暫時忘卻殘酷的現實。與年輕時曾是攝影記者，現在卻幾乎失去視力、年屆百歲的老人對話，「我」宛如走進了架設著明亮燈光的攝影棚，經歷超現實的感受與感動。原因在於，透過與老人的對話，延伸至履歷上的理想職業，以及國中時因為看了紀錄片而第一次墜入「愛河」的瞬間，恰似芬蘭的極光般時刻轉換著不同色彩。

不過，小說並沒有為這段與異鄉人的浪漫經歷畫下完美句點。回到韓國後，「我」重新開始面對現實，並在一次次電視台新進製作人的公開招募中落榜，轉而進入外包製作公司與食品公司企劃組。直到畢業六年後，「我」才終於在猶豫著該不該再次挑戰應徵新進製作人的那天，看見老人很久之前寄來的照片與信後，潸然淚下。於是，終於提筆撰寫這封不斷以忙碌與殘酷的存活戰為藉口而一再拖延的回信。最後一句「Dear.」，看似交織著老人的溫暖赤誠與自己曾經的夢想，小說並沒有營造過多的悔恨或遺憾。因為「我」在回憶與百歲芬蘭老人的超現實相遇時，早已冷靜地覺悟「取而代之的是四大保險，還有獎金、加班費、年假、實支實付型保險之類的詞彙」即將帶來暖呼呼、軟綿綿的感覺。既沒有忘記從他人身上獲得的溫暖，也沒有忽視擁有軟綿綿實感的四大保險的現實認知。這是支撐起張琉珍小說的均衡感。

在〈第一〇一次的履歷與第一次的上班路〉中，可以透過年輕上班族的第一趟上班路稍微捕捉到這種均衡感。對於大學畢業後歷經實習與約聘工作，寫過無數履歷與自傳的「中古新人」兼菜鳥上班族，踏上前往第一份正職工作的上班路，無疑是接連的怦然與憂慮。這個主角也如同所有踏遍競爭激烈的就業市場的青年世代，活在將自身條件換算成各種數字的計算式之中。

年薪也調漲了許多。兩千六百六十三萬元。扣稅後，月薪是兩百零一萬元。月租五十萬，管理費七萬，水電費十萬，網路費一萬，手機費和其他分期七萬，雖然沒有男友、但或許有一天會用上的結婚預備基金五十五萬，為了慶祝就職，透過好久不見的學姊加入稅優型保險與實支實付型保險十二萬，全新的雪紡衫、高跟鞋、裙子、褲子各一共十七萬，以及逛超市買下的各種食材與生活用品七萬。這樣還剩下三十五萬。往後的目標是：包含交通費在內，每天花一萬一千元。

對於剛踏入職場的獨居未婚女性而言，加加減減著年薪與生活費的計算方式，是生活基本條件，而張琉珍小說中的人物也在這樣的條件裡運作著。對於這樣的主角來說，思索著上班途中究竟該不該喝兩千元的外帶美式咖啡，就像是賭上人生第一份正職工作般的真實煩惱。在最高溫三十九度的酷熱天氣下，明知道熱美式兩千元與冰美式四千五百元顯然是荒謬的商業手法，卻依然做出要買冰美式的決定，實際是將這段上班路與「能不能在這間公司待得久？」「會不會因為備取入用、年紀大而被輕視？」「能不能和同事相處融洽？」等各種煩惱連結起來了。不過，一見到長相帥氣的義大利大使館員工，便決心多存一筆十萬元基金去義大利旅行的主角，倒也有種爆發似的動力。「我提了提側背包，以單手拿著冰美式咖啡的姿態，朝電梯的方向跨步前行。新買的高跟鞋鞋跟發出的聲音，好輕快。」主角輕鬆說出這番話，從另一方面來看，也可視作曾經在二〇〇〇年代以新欲望與新消費模式為主題的雞仔文學（Chick Lit）中，那些年輕上班族女性角色的回歸。意即提升了精準的現實感與客觀的自我意識。

而在〈工作的快樂與悲傷〉中，就是真正攤開了職場生活。張琉珍將任職於板橋科技園區小型新創公司的平凡上班族的悲喜盡收於此篇小說，也將韓國文學史上的「職場小說」提升至全新版本。這篇小說敏銳地掌握資本主義社會體系蘊含著根本上不合理的結構矛盾。老闆為了有效率地分工合作而不斷強調「Scrum」管理技巧，反而虛耗每天的時間；為了構建平行的工作環境而使用英文名字的制度，反而將階級分明的職級體制塑造成另一種全新的樣貌。最顯見的問題則是

「濫權」。觸犯老闆想要搶先一步在自己的Instagram公布古典樂表演訊息的心思，導致信用卡公司員工要以信用卡點數取代薪水的故事，闡釋了「濫權」的核心。恰如譏諷著「追求平等與成熟的當代覺知」其毫無內涵的意志一般，最權威且封閉的階級結構仍堅固地殘存著。在資本主義體系中，勞方不得不承受這之間的時差餘波，讓勞方擺脫不了「弱勢」角色的本分。

然而，張琉珍的小說並未止步於揭發現實的不合理，甚而更進一步寫出個人必須在體系內求生存的具體生活。以這一點為前提，創作出信用卡公司員工透過二手交易應用程式將點數換成現金的對應方式便顯得相當新穎。不得不以「弱勢」角色存活的她，因為受辱而哭的同時浮現了「錢，最終不過是讓我們在這個世界活下去的點數罷了」的念頭，最終以直接交易的方式將點數換回現金，順利突破困境。這是個人為了在殘酷的資本主義社會中應戰與存活，懂得精準計算加減後找到最佳平衡點的覺知。「你曾經在公司裡哭過嗎？」面對她的提問，選擇說謊否認的主角，同樣也不想成為對抗體系後被石頭擊碎的雞蛋。在這篇小說的最後，主角將職場生活的壓力轉換成趙成真獨奏會門票與香港旅行機票後，以「雖然稍微貴了一點，但今天是發薪日，所以我想，可以的。」點綴了主角快樂的心情。這不是假裝不懂薪水的寶貴，而是懂得捍衛閒暇幸福，清新且坦率的心。換句話說，張琉珍的小說沒有無視四大保險與獎金的軟綿綿實感，也沒有忽略渴望存錢去義大利度假的快樂，以及即將參與趙成真香港獨奏會的飄飄然。均等擁抱工作的快樂與悲傷的這本小說，是在體系內生存，最普通生活的積極，也替對著「你曾經在公司裡哭過嗎？」頻頻點頭的現代讀者帶來慰藉。

3

然而，這些人領悟的資本主義交換理論，有時也不是完美運作。只因活在這個各自懷抱欲望與見解的複雜世界裡，終究摻雜了無法預料的變數。不難從各篇小說中窺見，當成長為一個多少算是穩定的上班族後，他們的人生。尤其隨著名為「婚姻」的條件深刻介入女性的人生後，如何密切影響她們的人際關係。

〈從此好好過生活〉，刻劃即將與同期入職的男友結婚的二十九歲女性，也就是踏入職場五年的上班族「我」，與同事閃亮姊發生的故事。閃亮姊為了獲得籌備婚禮的資訊，在主角婚禮前四天私下邀約見面要喜帖，最後甚至沒有出席婚禮，連自己結婚時的喜帖都是隨便擺在主角的鍵盤底下就離開，做出各式各樣的「野蠻行為」。對主角而言，僅值「大約是五萬元禮金的關係」的閃亮姊，雖然殘忍地打破喜帖文化奠基於「give and take（公平交換）」的基本公式，她本人卻不是源於惡意。原因在於，她作為一個三十出頭的上班族，理應早已學會並累積的察言觀色能力、敏銳度，缺乏得令人瞠目結舌。不識相地將徵詢是否能支援行銷組的電子郵件寄給全公司，因而得到「全體回信女」的綽號；連「遷入日期」一詞都不懂，在租屋過程中遭遇一屋多租詐騙，完全沒有金錢觀念；有求於公司同事卻連一杯咖啡也不懂得請客。儘管主角一次次因為閃亮姊感到委屈，甚至斤斤計較彼此付出與給予的程度，但最終仍願意為她加油助陣。小說的最後，主角吃下收到的糯米糰糕時，腦海中浮現的念頭是「閃亮姊好好過生活了嗎？真心希望她好好過生活」的祝福。

為什麼主角會突然替閃亮姊加油呢？看著閃亮姊，主角經常想的是「換作是我，想必不會那樣」。和閃亮姊全然相反，主角在準備結婚時會仔細整理Excel檔，以優異的察言觀色能力武裝自己，是個讓職場生活盡善盡美的精明者。這樣的主角，絕對不可能不知道的事實是，年輕「女性」員工在職場置身的位置。當被分配至只有女性的後勤部門時，工作能力出色到「你做得很好的消息都傳到這裡來了」，卻依然只能領到比同期入職的丈夫少一千零三十萬元的年薪。在如此不公平、歧視的社會裡生活，主角源於動物本性的察言觀色能力，也就是身為年輕女性，為了更好的生存條件而沿途學習與訓練來的。婚禮前一天仍要加班、不敢妄自請婚假、不知道十年後還會不會待在公司的閃亮姊的條件，其實與主角並無不同。小說的最後一段文字：「真心希望她好好過生活」，並非只是獻給閃亮姊，也是主角對自己的祝願。

在〈從此好好過生活〉中，張琉珍描繪的是資本主義烙印於喜帖文化的交換理論，以及萌生於女性同事間複雜的關係；在〈援手〉中，則是以年輕的已婚上班族女性立場，捕捉必然存在於資本主義社會的雇用者與受雇者之間，既微妙又複雜的距離感。這篇小說的主角，是結婚七年後才在新市鎮購入第一間二十八坪公寓的無子女已婚女性。在煉油公司上班的丈夫與任職百貨公司經理的主角貸款購入了「房子是我的，房裡的一切也都是我挑選的，卻只有住在這樣的房子裡一事，反倒感覺不像是我的」房子後，不安的占有欲油然而生。問題在於，隨著這對雙薪夫妻好不容易才雇用到的家務助理出現後，這股不安感更日漸加劇。在資本主義階級分明的結構中，向來身為受雇者的主角，即使「對於要站在使喚別人的位置一事，我感到既不自在也不喜歡」，卻迫於無奈而於人生中第一次聘用勞力。然而，為了在這個體系內生存的助理阿姨，卻時不時侵犯主角拚命保有其確實且自在的某樣東西的界線。

阿姨有意無意的半語、對於家事不必要的建議，甚至是冷不防提出「為什麼還沒有孩子？」之類的隱私問題，觸犯了主角不安的占有欲，與現代都市人對於自在／不自在的感覺。當年輕的無子女已婚女性渴切地計畫並籌備的穩定日常被觸犯時，這股不安感會變得加倍強烈。事情當然沒有這麼簡單。當主角得知阿姨賺的錢統統進到兒子帳戶時，內心也很難受；當她發現阿姨高唱聖歌等為宗教奉獻的模樣時，又有種難以言喻的情緒。然而，最終爆發的導火線在於，既不遵守工作時間，又不尊重隱私距離的阿姨，只有在得到清潔窗框的額外費用時才願意按照交換經濟的原則行事，整個過程出現矛盾的落差。「怎麼樣？要我繼續做嗎？」助理阿姨反覆提出的問題，展現出這個落差的根本就是以個人立場處理的「選擇」問題。銳利地呈現出在性別、階級、世代，甚至宗教問題複雜交錯的條件下，勞方與資方之間的關係，無法以敵與友、紐帶與矛盾的二方法果斷區分。

4

當同時代韓國社會的青年「必備的條件」，與圍繞女性的暴力和不理解銜接時，一切都會變得更複雜。張琉珍的小說，藉由時而伶俐、時而愉悅地晃動這個複雜的狀態，鮮明呈現對女性的暴力與不理解其底層究竟繪有什麼樣的圖案。纏繞底層的固然是以女性身體為目的的舛雜慾望，以及韓國社會的性別權力問題。

在〈凌晨的訪客〉中，主角是任職於入口網站相關企業，負責監督網路留言的近三十歲女子。女子每天要面對的主要是像「100%保證女大生」、「超乎想像的性＊愛！」、「服務到您滿意為止」、「直送家裡或旅／館」之類露骨、淫穢的廣告。無論多麼努力挖掘並刪除這些留言，它們依然像藏匿於流理台下、鞋櫃底下、衣櫃後方等隨處繁殖的蟑螂一般，女子始終無法控制並剷除其龐大得超乎尋常的規模。獨自住在住商混合大樓，連宅配人員上門的門鈴聲都令女子感到不安，視線僅限於在窄小而安全的屋內透過大門門眼窺探外頭的狹隘空間。

然而，小說打破了這個視角所擁有的權力，並進一步將想像推往鏡像的層面。隨著不斷在凌晨三點出現陌生男子按門鈴的情況，女子開始感到毛骨悚然。直到她意識到他們是找錯性交易的場所之後，除了感覺噁心，卻也開始拍攝、列印影像對講機捕捉到的男子臉孔。將從未被視覺化的性交易男子的臉孔，剝製成「猶如被施了『這不是什麼大事』的咒語一般泰然、做著不想被他人發現之事時的羞愧、忽然酒醒而不知道是否該繼續的猶豫，即便如此，依然對於即將發生的盲目性愛感覺悸動，混合各種複雜情緒的臉孔」。女子在過程中曾感覺到一股「微妙的優越感」的原因在於，視線即是權力、政治。視線的權力，是自己能看見對方的同時，不被對方看見。隨著顛覆「觀看者」與「被觀看者」的階級結構後，將男子們凌晨偷偷前往性交易地點的焦急臉孔視覺化，取代原本只被物化成性對象、可金錢交易的女性身體。最後，以女子找上導致自己住處被誤解為性交易場所的B棟房，卻發現那裡同樣只是平凡女子獨居的地方作結。這樣的結局，無法輕易消除獨居女子住處或多或少與性交易場所產生疊影的擔憂，同時也暗示單憑個人私底下的懲罰，無法完美解決性交易與以女性身體為目標的結構。

在〈我的福岡導遊〉中，以男性第一人稱的角度機智地搞砸女性問題。這篇小說的主角智勳先生，是外貌、學經歷、自信等各面向，無一不完美的三十三歲白領男性。直到聽聞曾在同公司法務組工作的知遊小姐喪偶辭職，獨自在福岡生活的消息，便為了見她一面而動身前往日本。過去他身邊已有女友，卻仍偷偷喜歡知遊小姐，享受著性的緊張感的智勳，懷抱著能透過這趟旅程擁有知遊小姐的期待。收到知遊小姐的喜帖時，不願承認自己是單戀的事實，反而自顧自地歸咎於自己的過度鬆懈。對於認為比起「隨處可見，只要下定決心，隨時都能交往」的美女們，知遊小姐並不算顯眼的智勳來說，知遊小姐不經意的親切早已轉變並被解釋成時不時暗示的好感與性慾的密碼。同遊由布院與福岡的期間，即使在混湯近距離接觸知遊小姐的裸體，智勳仍故意假裝泰然，自詡扮演著「我已經不是二十三歲而是三十三歲了，懂得靜候時機」的成熟男性角色。

只是，多少稱得上周密的計算與策略，卻在旅途中虎視眈眈著與知遊小姐共度的最後一晚，遭到她的拒絕後，瞬間暴露讓智勳懷抱自信的心理機制。先是「匯集體內的所有真誠」說服知遊小姐，並非打從一開始就只想和她上一次床，接著表明「但是到目前為止……讓我感覺如此契合的女人，一個也沒有」的苦悶，最後在又哭又鬧不想掛電話之際，敵不過熊熊怒火而怒摔手機。小說藉由漸進的方式，袒露智勳赤裸裸的內在。即便智勳告白自己是「真心」喜歡知遊小姐，但他的真實想法卻是將她貶低為「一個結過婚的女人」，並透過辱罵她「幹你娘的臭婊子」，揭開自己偽善的真面目。由此可見智勳的自信泉源，其實是將事態導向有利於自己的自我滿足式解釋方式。智勳眼中，只有交往經驗豐富、事業有成、外貌出眾，無可挑剔的三十多歲男性，從來沒有一年前失去丈夫、獨自在日本生活的知遊小姐這個人。因此，他深陷於知遊小姐擅長配合對方的熱情聰敏，展現出男性向來只透過確認來自女人的示好與情感來牢牢支撐自信的寒酸內在。

小說的最後，誤會老奶奶是乞丐的智勳，將身上的日幣統統投入對方紙杯，同樣也是基於他始終以自我為中心的視角看世界。於是，這篇小說痛快地扭轉了一直以來在韓國文學裡不斷重現對女性的愛與慾望，將主體的真實面貌以男性話者的視角轉化為自我滿足的鏡子。

有別於其他小說的真實面貌，〈偏低〉則以略為不同的角度聚焦藝術市場。曾以樂團發行專輯卻沒有受到絲毫矚目的歌手張宇，某天將開玩笑的歌詞「冰箱，箱，箱，箱，箱，沒有故障」譜成曲子並上傳YouTube。就在留言數量過萬、觀看次數突破三十萬之際，他收到了來自舉足輕重的經紀公司提出簽約的提議。只是，張宇和看重收益多於音樂，並且希望他能趕快推出數位單曲的經紀公司老闆找不到共通點。張宇至今仍以「專輯」為單位聽音樂，不只無法靈敏地對現實價值、時代變化做出反應，更無意追求成功。結果，決心製作「我追求的音樂」和「真正完整的曲目」卻連遲繳兩個月的電費都付不出來的張宇，一步步失去經紀公司的青睞、女友由美的愛與群眾的支持。

最後，只剩下過世的父親買給自己的，只會占空間且耗電的低效能冰箱聲才能給予他「終於感覺自己平安無事地返回應有的位置」的安心慰藉。小說中一再現身的數字，例如伴隨著張宇逐漸下滑的人氣而開始停滯的觀看次數、喜歡與不喜歡的數量。擁有觀看次數達二七一四九次的第一張專輯，卻只能換得來自音樂著作權協會的三萬多元進帳，確實反映出藝術在這個時代出現了生產、流通、消費方式的改變。然而，小說並沒有譏諷張宇無法追上時代的腳步或始終沉浸於追求「自我」世界的心，反而默默將他視作融合了細膩與惋惜，只因他從未忘記且珍惜著「將自己的演奏與歌唱以更高的密度附著於觀眾身上」的模樣。如同〈坦佩雷機場〉沒有偏重和芬蘭老人的浪漫相遇與四大保險給的安定感，〈偏低〉同樣均等地闡釋了對現實存有明確認知的由美的世界，與張宇生活的「偏低」的世界。

5

張琉珍的小說是這麼說的：「好好過生活了嗎？真心希望她好好過生活。」同時朝向「閃亮姊」和「我」的〈從此好好過生活〉的最後一句話，是本書獻給活在這個世界上的你我所有人的願望。因此，無論世事多麼炎涼、殘酷，我們都不要被擊潰、不要被獵食，好好過生活吧。張琉珍小說裡的個人，既不盲目地順應體系，也不魯莽地投身，而是一邊愛著，一邊肯定著生活裡微不足道的悲傷與快樂。

或許，韓國文學在過去這段期間，早已賦予了揭露社會結構中矛盾和內在巨大深淵的個人最獨一無二的價值，換句話說，即是對於樂意承受與外在世界格格不入，並追求某樣東西的個人而言，一直期待的小說的實質功能與角色。只是，張琉珍小說中坦率而簡單的人物，捕捉的是個人必須在資本主義體系內活下去，渺小而平凡的快樂。社會上的弱勢——女性、青年、勞方，以獨有的存活意識，能屈能伸地面對具體化的體系，以最迅速且精準的方式邁向未來。

確實省悟自己屬於體系內勞方位置的個人，為了捍衛並珍惜微小的幸福，學會了發揮敏銳的覺知。這份覺知，不是妥協，而是應戰；在冷酷且不公平的世界裡，無法輕易放棄生計的個人在體系內堅持的力量。讓個人得以在滿布星斗的天空中，跨越再無法為任何人導引方向的時代，然後給予必須在看不見星光的漆黑夜空下各自披荊斬棘的時代上相遇的我們更多可能性。此刻，韓國文學新的需求不是感性，而是覺知的革命。我們於是能在張琉珍的小說，甚至未來嶄新的韓國文學面前這麼說：

是的，我會從此好好過生活。我會試著從此好好過生活。

發表出處

從此好好過生活……《現代文學》二〇一八年12月號
工作的快樂與悲傷……《創作與批評》二〇一八年秋季號
我的福岡導遊……《文章電子雜誌》二〇一九年3月號
偏低……「文學3」文學網站二〇一九年6月
援手……《Axt》二〇一九年9／10月號
第一〇一次的履歷與第一次的上班路……《Littor》二〇一九年2／3月號
凌晨的訪客……《凌晨的訪客》類型短篇小說集二〇一九年7月
坦佩雷機場……《MOTIF》二〇一九年新人特輯
（當時的發表名稱：〈Do or Do not〉）

文學森林 LF0140

從此好好過生活

일의 기쁨과 슬픔

作者

張琉珍

一九八六年生。延世大學社會科學系畢業。二〇一八年短篇小說〈工作的快樂與悲傷〉榮獲第二十一屆創批新人小說獎，二〇二〇年再以短篇小說〈研修〉榮獲第十一屆新人作家賞，同年拿下第七屆沈薰文化大賞。她以自身在ＩＴ產業七年的工作經驗為創作基石的第一本小說集《從此好好過生活》，空降書店排行榜，改編電視劇，在文壇與社群網站上都人氣十足。

譯者

王品涵

專職翻譯，相信文字有改變世界的力量；畢業於國立政治大學韓國語文學系，現居台北。譯有《走路的人》、《你是我的傷口和自尊》、《因為討厭韓國》等書。

書封設計　木木 lin
責任編輯　詹修蘋
編輯協力　陳柏昌
行銷企劃　楊若榆
版權負責　李佳翰
副總編輯　梁心愉

初版一刷　二〇二一年二月一日
定價　新台幣三五〇元

ThinKingDom 新經典文化

發行人　葉美瑤
出版　新經典圖文傳播有限公司
地址　10045臺北市中正區重慶南路一段五七號十一樓之四
電話　886-2-2331-1830　傳真　886-2-2331-1831
讀者服務信箱　thinkingdomtw@gmail.com
Facebook粉絲專頁　新經典文化ThinKingDom

總經銷　高寶書版集團
地址　11493臺北市內湖區洲子街八八號三樓
電話　886-2-2799-2788　傳真　886-2-2799-0909
海外總經銷　時報文化出版企業股份有限公司
地址　桃園市龜山區萬壽路二段三五一號
電話　886-2-2306-6842　傳真　886-2-2304-9301

從此好好過生活/張琉珍作；王品涵譯. -- 初版. --
臺北市：新經典圖文傳播有限公司, 2021.02
288面；14.8*21公分. --（文學森林；LF0140）
ISBN 978-986-99687-3-7（平裝）

862.57　　109021399